TRAITÉ

DE LA

RÉPUBLIQUE

PAR CICÉRON.

TRADUCTION FRANÇAISE

AVEC INTRODUCTION, D'UNE ANALYSE DÉVELOPPÉE
ET D'APPRÉCIATIONS CRITIQUES

Par E. TALBOT

PROFESSEUR AU LYCÉE IMPÉRIAL BONAPARTE.

NOUVELLE ÉDITION.

PARIS.

LIBRAIRIE ET LIBRAIRIE CLASSIQUES

JULES DELALAIN & FILS

RUE, VIS-A-VIS DE LA SORBONNE.

CICÉRON.

DE LA RÉPUBLIQUE.

TRAITÉ

DE LA

RÉPUBLIQUE

PAR CICÉRON.

TRADUCTION FRANÇAISE

PRÉCÉDÉE D'UNE INTRODUCTION, D'UNE ANALYSE DÉVELOPPÉE
ET D'APPRÉCIATIONS CRITIQUES

Par E. TALBOT

PROFESSEUR AU LYCÉE CONDORCET.

NOUVELLE ÉDITION.

PARIS.

IMPRIMERIE ET LIBRAIRIE CLASSIQUES

De JULES DELALAIN et FILS

RUE DES ÉCOLES, VIS-A-VIS DE LA SORBONNE.

1873.

INTRODUCTION.

Le traité *de la République* de Cicéron était l'œuvre de
prédilection du grand orateur romain : ce fut aussi son
chef-d'œuvre. La tendresse avec laquelle il parle de son
livre ne l'aveugle point sur la valeur réelle de l'ouvrage :
il n'est que juste en se louant. Il s'était préparé à l'écrire
par de sérieuses et profondes études sur les institutions et
sur les antiquités de Rome, à l'époque de la pleine maturité
de son génie, au moment le plus beau de sa carrière publique [1]. Personnage consulaire, âgé de cinquante-deux ans,
revenu d'un exil qui avait été pour lui l'occasion d'un triomphe, Cicéron voulant élever un monument à la fois littéraire
et politique en l'honneur de cette patrie, dont ses concitoyens l'avaient salué le père, y appliqua toutes les forces
de son esprit et de son expérience, toutes les ressources
de son érudition, toute la souplesse vigoureuse et élégante
de son style. Ses préoccupations, à cet égard, se reprodui-
sent dans plusieurs de ses lettres. On y voit combien il
eût regretté de perdre le fruit de son travail, et comment,
après l'avoir repris et remanié, il l'acheva en le bornant à
six livres. Le succès n'en fut pas contesté, et l'on trouve dans
les *Lettres*, dans le dialogue *des Lois*, dans le traité *des
Devoirs* et dans celui *de la Divination*, des allusions au
bienveillant accueil que les contemporains de Cicéron avaient
fait à son dialogue. Les âges qui suivirent ne lui furent pas
moins favorables. Les écrivains de la période antonine, Sénèque, Quintilien, les deux Pline et Tacite n'en parlent point
explicitement, mais on ne peut douter qu'ils ne fussent aussi
pénétrés de cette lecture que du reste des ouvrages de l'éminent philosophe. Dans l'âge suivant, il résulte d'un passage de
Lampridius, biographe de l'empereur Alexandre Sévère, que
ce prince estimable étudiait spécialement parmi les écrits des
philosophes grecs la *République* de Platon, et, parmi ceux des
philosophes latins, le traité *des Devoirs* et celui *de la Républi-*

---

1. L'an 700 de Rome, 54 avant J. C.

que. Plus tard les grammairiens et les philologues, quoique moins préoccupés des idées que des termes et des tournures, font cependant à l'ouvrage de Cicéron des emprunts nombreux et intéressants, qui prouvent non-seulement quelle importance on attachait à ce dialogue, mais comment on y trouvait le mérite singulier d'un style neuf, original. Nous devons à cette recherche curieuse une certaine quantité de fragments qu'elle a sauvés du naufrage.

Mais c'est surtout dans les écrivains chrétiens, entre autres Lactance et saint Augustin, qu'abondent les allusions et les citations relatives au livre de Cicéron. Là se trouvent exactement reproduits, et tantôt appuyés, tantôt contredits, les passages du traité *de la République*, qui offrent avec les idées et les dogmes de la foi naissante une conformité avidement saisie et développée par ses premiers propagateurs. Et ce qui augmentait singulièrement la puissance des arguments empruntés à Cicéron, c'était la sanction ultérieure d'une autre vie, si fortement attestée par le philosophe latin dans l'épisode qui termine son traité. Nous voulons parler du *Songe de Scipion*, conservé et commenté par Macrobe, et qui, lorsque l'ouvrage entier de Cicéron disparut, en demeura longtemps l'unique débris. En effet, de Macrobe à Photius, c'est-à-dire du cinquième au dixième siècle après J. C., on ne le trouve plus que très-rarement désigné. Ammien Marcellin, historiographe de l'empereur Julien, tire du livre de Cicéron une citation de quelque étendue; mais il est assez difficile d'affirmer que dans le passage où Photius parle du dialogue de Thomas et de Menas sur la politique, le patriarche de Constantinople ait désigné un écrit calqué sur le traité de Cicéron. Gerbert (Sylvestre II), alors archevêque de Reims, recommande à un moine de l'abbaye de Fleury-sur-Loire de lui apporter l'ouvrage de Cicéron *sur la République*; mais il ne donne aucune citation expressément tirée du philosophe latin. Pierre de Poitiers, au onzième siècle, et Jean de Salisbury, au douzième, sont moins concis. Tous deux font des allusions et des citations qui prouvent que l'ouvrage de Cicéron, admiré dès son apparition, lu et relu par les âges suivants et accueilli avec enthousiasme par la littérature chrétienne, existait dans son intégrité jusqu'au milieu du treizième siècle, vers la fin du moyen âge. Là, il semble que les traces en soient perdues et même qu'il ait péri sans retour. Malgré les recommandations adressées à cet égard par le pape Clément VI à Pétrarque, le traité complet *de la République* ne se retrouve point. Il eût été cependant curieux de voir apparaître cet ouvrage au moment où Nicolas Rienzi, proclamant à Rome le rétablissement de *l'ancien et bon État*, annonçait l'intention de réunir toutes les principautés italiennes en une république unique, avec Rome pour capitale. Environ cinquante ans plus tard, le Pogge, cet infatigable chercheur, aux heureuses investigations duquel la science doit la découverte de huit discours de Cicéron, de douze comédies de Plaute, d'une partie du poëme de Lucrèce, de tout Quintilien et de plusieurs autres ouvrages d'un grand prix, voit échouer les efforts qu'il fait en Italie, à Constance et en Angleterre pour retrouver le chef-d'œuvre perdu. Le cardinal Pool, au seizième siècle, offre libéralement des primes à qui découvrira le manuscrit de Cicéron; mais sa généreuse promesse n'obtient pas le succès qu'elle méritait.

Ainsi, l'érudition et les lettres avaient été contraintes de prendre leur parti. Réduit à la lecture du *Songe de Scipion* et à quelques fragments, le monde savant n'avait plus qu'à se courber devant l'impossible et à regretter le reste du traité *de la République*, sans espérer que désormais quelque heureux hasard mît sur la voie d'une restauration, même partielle, lorsqu'un savant légiste français, Dominique Bernardi, essaya de reconstruire le dialogue de Cicéron, en recueillant de toutes parts, dans les ouvrages de ce grand homme, les pensées et les expressions qui se rapportent au gouvernement et à la politique. Mais, quelque ingénieux que fût le travail de Bernardi, ce savant lui-même l'eût donné volontiers, sans aucun doute, à qui lui aurait apporté quelques pages bien authentiques du dialogue si laborieusement et si vainement reconstruit par ses soins. Il était réservé à l'illustre bibliothécaire du Vatican, au cardinal Angelo Maï, de retrouver, sous la nouvelle écriture des palimpsestes, ces pages de Cicéron, objet de tant de recherches et de regrets. En 1822, c'est-à-dire deux ans avant la mort de Bernardi, la littérature philosophique fut remise en possession de l'ouvrage, que nul savant, malgré tout le talent qu'on lui suppose, ne pouvait ni refaire ni suppléer. On ne peut contester qu'il ne présente de nombreuses et regrettables lacunes; et il n'est pas difficile de constater qu'il est loin de la perfection primitive qui devait charmer les lecteurs, avant qu'il subît les injures du temps. Il ressemble à une de ces œuvres magistrales de la statuaire antique, que les siècles nous ont transmises dans un état de mutilation d'autant plus déplorable que ce qui reste donne une idée plus haute du morceau tout entier. Heureux, toutefois, lorsque l'on retrouve encore, dans les ruines mêmes de ces marbres, la finesse du grain et l'exquise pureté du style[1]! En d'autres termes, bien que les pages détruites et les sens interrompus enlèvent un prix réel au livre de Cicéron, et y répandent parfois des ténèbres, cependant les grandes divisions ne sont pas tellement altérées qu'on ne puisse en déterminer le plan, en suivre l'ordonnance et en esquisser l'analyse : nous allons l'essayer.

§ 1er. *Idée générale du traité* de la République.

C'est à Platon que Cicéron est redevable de la conception première et du titre de son livre. Seulement il a tempéré l'idéalisme platonicien par les doctrines plus positives d'Aristote en matière de science politique et par les applications que Xénophon en avait faites dans la *Cyropédie*. De cette manière, les théories émises par Scipion l'Africain se distinguent des systèmes imaginés ou exposés par les philosophes grecs, en ce que Cicéron leur assigne un but pratique, comme dans Aristote et comme dans Xénophon, et qu'il leur conserve cependant une tournure contemplative et même une teinte mystique comme dans Platon. Il résulte de ce mélange tempéré d'éléments divers, mais non pas discordants, une œuvre dont le caractère a été heureusement apprécié par Macrobe. Selon ce judicieux érudit, le gouvernement, tel que le conçoit Platon, est idéal; celui que décrit Cicéron est effectif : Platon indique quelles pourraient être les institutions d'une république imaginaire; Cicéron expose les institutions de l'ancienne Rome. Il est cependant

1. Nous apprenons qu'à Fucino, dans la bibliothèque d'un couvent, on a trouvé récemment quelques pages inédites de la *République* de Cicéron et des lambeaux de livres perdus de la grande histoire de Tite-Live. C'est le chanoine Antonio Biffi qui a fait cette découverte.

un point où l'imitation du philosophe latin se rapproche intimement de l'ouvrage grec. Platon, à la fin de son livre, rappelle à la vie, qu'il semblait avoir perdue, Her l'Arménien, dont il emprunte l'organe pour nous révéler l'état des âmes dégagées de leurs corps et pour nous donner des sphères célestes une description liée à son système; Cicéron prête à Scipion un songe où ce héros reçoit des communications du même genre. Mais pourquoi tous les deux ont-ils jugé nécessaire d'admettre de pareilles fictions dans des écrits consacrés à la politique, où il semble que tout doive être réel, possible, et d'allier à l'examen des lois faites pour régir les sociétés humaines le spectacle des lois cosmiques auxquelles obéit la marche des planètes dans leurs orbites, le mouvement des étoiles et celui du ciel? Le voici. Platon, observateur profond de la nature et du mobile des actions humaines, ne perd jamais l'occasion, dans les divers règlements qui forment le code de sa République, de verser dans nos cœurs l'amour de la justice, sans laquelle non-seulement un grand État, mais une réunion d'hommes peu nombreuse, et même la plus petite famille, ne saurait subsister. Il juge donc que le moyen le plus efficace de nous inspirer cet amour du juste, est de nous persuader que nous en recueillerons les fruits par delà même le trépas. Or, la certitude d'un tel avantage exige pour base celle de l'immortalité de l'âme. Ce point de doctrine établi, Platon doit affecter, par une conséquence nécessaire, des demeures particulières aux âmes affranchies des liens du corps, suivant leur conduite bonne ou mauvaise. C'est ainsi que dans le *Phédon*, après avoir prouvé par des raisons sans réplique les droits de l'âme au privilége de l'immortalité, il parle des demeures différentes qui seront irrévocablement assignées à chacun de nous, d'après la manière dont il aura vécu. C'est encore ainsi que dans son *Gorgias*, après une dissertation en faveur de la justice, il emprunte la parole douce et grave de Socrate, son maître, pour nous montrer l'état des âmes débarrassées des entraves du corps. Ce plan, qu'il suit constamment, se retrouve dans sa *République*. Il commence par donner à la justice le premier rang parmi les vertus; ensuite il démontre que l'âme survit au corps; puis, à la faveur de cette hypothèse, il détermine, en finissant son traité, le séjour où l'âme se rend après la mort. Tels sont les moyens qu'il emploie pour nous persuader que nos âmes immortelles seront jugées, puis récompensées et punies, selon qu'elles auront respecté ou méprisé la justice.

Cicéron suit la marche que le génie de Platon lui a tracée. Il établit d'abord, par une discussion en forme, que la justice est la première des vertus, soit dans la vie privée, soit dans le maniement des affaires publiques; puis il couronne son ouvrage, en nous initiant aux mystères des régions célestes et du séjour de l'immortalité, où doivent se rendre, ou plutôt retourner, les âmes de ceux qui ont gouverné avec prudence, justice, courage et modération. Platon avait fait choix, pour raconter les mystères de l'autre vie, d'un soldat pamphylien, nommé Her, qui, après avoir été laissé comme mort par suite de blessures reçues dans un combat, était ressuscité et racontait aux assistants ce qu'il avait vu dans l'autre monde. Cicéron, qui souffre de voir des ignorants tourner en ridicule cette fiction, qu'il a l'air d'accepter comme vraie, n'ose cependant pas donner prise sur lui. Tout en réfutant les sarcasmes de l'épicurien Colotès, il aime mieux introduire dans son dialogue un songeur qu'un mort, et réveiller son interlocuteur que de le ressusciter.

§ 2. *Analyse du traité* de la République.

La *République* de Cicéron est dédiée à Atticus, et divisée en six livres. C'est un dialogue, que Cicéron suppose raconté par P. Rutilius Rufus, l'un des interlocuteurs, et auquel prennent part Scipion l'Africain, fils de Paul Émile, son neveu Quintus Tubéron, l'ancien consul Furius Philus, P. Rutilius Rufus, célèbre depuis par son exil et ses vertus, Sp. Mummius, frère du vainqueur de Corinthe, Lélius, l'ami intime de Scipion, avec ses deux gendres, C. Fannius et Q. Scévola, et enfin le jurisconsulte M'. Manilius. Tous ces illustres personnages, profitant du loisir des Féries latines, se livrent à une longue discussion sur la meilleure forme de gouvernement, l'année même de la mort de Scipion[1] et fort peu de temps avant cette tragique catastrophe.

1. L'an 625 de Rome, 129 avant J. C.

Premier livre. — Le premier livre débute par une lacune que l'on croit d'une trentaine de pages, sur le sens desquelles on est réduit aux conjectures. Toutefois, M. Villemain estime que cette première lacune prive seulement le lecteur de quelques pages, par lesquelles Cicéron, ouvrant le prologue où il s'attache à combattre les philosophes qui défendaient au sage de prendre part aux affaires publiques, indiquait les différents prétextes et les formes diverses de cette abstention et se hâtait d'y opposer les grands exemples et les glorieux effets du patriotisme. C'est là que commence le manuscrit.

Otez l'amour de la patrie, Rome aurait-elle vu s'élever de son sein cette foule d'hommes éminents qui ont servi tour à tour au salut de la république? La nature donne à l'homme un sentiment si impérieux de la vertu et une ardeur si vive pour le salut commun, qu'il foule aux pieds, pour suivre cette voix, les charmes qui l'attirent vers le plaisir et vers le repos (ch. 1). Mais la vertu n'est rien, si elle n'est active, et son activité la plus glorieuse est le gouvernement de l'État. Il faut donc travailler au bien de l'État et ne point écouter le signal de la retraite (2). Mais il y a des peines à supporter, des périls à affronter, la mort même à braver : faible obstacle pour le zèle et pour le talent, crainte honteuse pour le courage. On allègue encore l'ingratitude des hommes, les exemples fameux des injustices, les exils, les morts des chefs et mille autres désastres. Mais si le désir de savoir et de connaître entraîne les hommes au delà des mers, comment s'étonner qu'on affronte les plus grands périls quand il s'agit de sauver la patrie (3)? Et puis, il est des joies nobles et profondes réservées à l'homme d'État qui a fait son devoir (4). Il y a des gens qui, pour s'autoriser à l'inaction, allèguent que la république est aux mains d'hommes incapables de tout bien, avec lesquels le parallèle est humiliant et le combat dangereux (5); comme si, pour les hommes doués d'une grande âme, il pouvait y avoir une cause plus juste de s'occuper des affaires de l'État que le besoin même de ne pas laisser la république en proie aux méchants! Enfin (6) on ne peut manier prudemment et heureusement les affaires d'une cité, si l'on ne s'y est préparé de bonne heure : et c'est folie de promettre secours à la république dans un cas d'impérieuse nécessité, lorsque, trop faible pour une tâche plus aisée, on ne sait pas conduire l'État, même en l'absence de tout péril.

Cicéron (7) a cru devoir donner quelque développement à ces idées, puisque, en écrivant sur le gouvernement de l'État, son intention est de combattre la crainte pusillanime qui éloigne des affaires publiques les cœurs généreux et dévoués. Tous les hommes d'un esprit éclairé, sans en excepter les philosophes, ont pris une part active au gouvernement de leur pays. Une autre considération engage l'auteur (8) à écrire sur le sujet qu'il a choisi, c'est qu'il est certain d'y apporter, avec son expérience, un certain art d'étudier et d'instruire, tandis que, avant lui, les uns, habiles théoriciens, ne se sont signalés par aucun acte; les autres, hommes d'État estimés, ont été inhabiles dans l'art d'exprimer leurs idées. Du reste, ce ne sont pas absolument ses méditations particulières qu'il a l'intention d'exposer : il va reproduire l'opinion des hommes les plus illustres de leur siècle et de la république romaine.

Entrant alors dans le cadre de son dialogue (9), l'auteur met en scène les personnages qui doivent y prendre la parole, et nous montre d'abord Scipion Émilien attendant, assis dans ses jardins, les amis qui ont promis de lui rendre visite pendant les Féries latines. Le premier qui se présente est son neveu Quintus Tubéron. Tubéron annonce à Scipion le dessein que ses amis et lui ont formé de mettre à profit pour leur instruction les heures de loisir qui leur sont offertes. Scipion est tout disposé à se prêter à ce projet, si l'on y peut gagner quelques notions sur la science. Tubéron le prie alors, avant l'arrivée de leurs amis, de vouloir bien examiner ce que signifie l'apparition d'un double soleil, dont il a été parlé dans le sénat (10). Scipion y consent : seulement il regrette de n'avoir point là leur ami Panétius dont l'esprit curieux se plaît surtout à l'étude des merveilles célestes. Cependant, bien qu'il aime à reconnaître le mérite de Panétius, Scipion avoue ne pouvoir, en cette matière, se ranger à son opinion, lorsqu'il l'entend, sur des choses où la conjecture est à peine permise, parler avec trop d'assurance. Tel n'était pas le procédé de Socrate qui laissait de côté toutes ces curiosités, toutes ces investigations supérieures aux efforts de la raison, ou indifférentes à la conduite de la vie humaine. Tubéron se range à cet avis, mais il demande à son oncle d'où vient cette tradition qui suppose Socrate ennemi de toute étude spéculative et uniquement occupé de recherches sur les mœurs et sur la conduite de la vie. Scipion explique à Tubéron par quels motifs tout personnels Platon a été conduit à tempérer l'enjouement et la finesse de l'élocution socratique par la profondeur et la variété des connaissances pythagoriciennes. Sur ce point (11) arrive Furius Philus, suivi de Rutilius : Scipion les met au courant de la conversation, à laquelle viennent prendre part aussitôt après (12) Lélius, accompagné de Fannius et de Scévola, ses deux gendres, et de Sp. Mummius. On se salue sous le portique, on fait deux ou trois tours d'allée; et, comme c'est encore la saison de l'hiver, Scipion invite ses amis à s'asseoir dans le lieu de la prairie le plus exposé au soleil. A peine y sont-ils établis que le jurisconsulte M'. Manilius, neuvième interlocuteur du dialogue, vient les rejoindre et s'asseoir avec eux.

Philus, prenant alors la parole (13), explique aux nouveaux venus le sujet de l'entretien, qui est l'apparition des deux soleils. Lélius le raille, en lui demandant si l'on a déjà si fort éclairci ce qui intéresse les maisons humaines et la république tout entière, pour aller s'enquérir de ce qui se passe dans le ciel. Philus répond que nos demeures terrestres sont intéressées à ce qui survient dans la grande demeure d'en haut, et que, pour sa part, l'étude et la seule pensée de ces sublimes objets le ravissent. Lélius ne s'oppose point à ce qu'il en soit question, surtout en un jour de loisir, et après quelques paroles enjouées qu'échangent entre eux Scipion, Philus, Lélius, et le légiste Manilius, Philus reprend la parole (14) pour entrer dans des détails astronomiques qu'il tient de la bouche de Sulpicius Gallus, homme d'une profonde doctrine et ami de Marcellus, le petit-fils du vainqueur de Syracuse.

Là (15) une lacune de huit pages empêche de suivre la démonstration commencée par Philus; et l'on retrouve Scipion faisant l'éloge de Sulpicius Gallus, placé très-haut dans l'estime et dans l'affection de son père Paul Émile, le vainqueur de Pydna. A ce propos, Scipion raconte que dans sa première jeunesse, lorsque son père, consul, commandait en Macédoine, l'armée romaine fut saisie d'une pieuse terreur, parce que, dans une nuit claire, la lune, pleine et brillante, s'était soudainement éclipsée : Gallus, qui se trouvait alors lieutenant de Paul Émile, l'année même avant celle où il fut nommé consul, n'hésita pas à publier le lendemain dans le camp qu'il n'y avait point là de prodige ; que cet effet avait eu lieu pour une cause qui se reproduisait toujours à certaines époques, quand la position du soleil ne le laisserait pas atteindre la lune de sa lumière. Tubéron s'informe auprès de Scipion si cette explication pouvait être comprise par les hommes grossiers et ignorants auxquels Gallus s'adressait. Scipion le lui assure ; mais une lacune de deux pages, au moins, ne permet pas de savoir les raisons sur lesquelles il appuyait son dire. On voit seulement qu'il est conduit à raconter (16) le fait analogue attribué à Périclès, pendant la guerre du Péloponnèse, lorsque, voyant les Athéniens préoccupés d'une excessive terreur, à la suite d'une éclipse de soleil, ce grand capitaine leur enseigna, ce qu'il avait lui-même appris à l'école d'Anaxagore, que de semblables effets arrivaient à des intervalles déterminés, lorsque la lune se trouvait placée tout entière sous le soleil, et délivra le peuple athénien de ses craintes. Du reste, ce système d'explication, entrevu par Thalès de Milet, ne fut pas inconnu des Romains mêmes, et l'on en voit des traces dans les vers où Ennius, constatant l'éclipse arrivée, vers l'an 350 de la fondation de Rome, aux nones de juin, donna le moyen de remonter jusqu'à celle qui était arrivée aux nones de juillet, sous le règne de Romulus.

Deux pages de lacune (17) font perdre ici le sens de la réponse de Tubéron ; mais il est à croire que, après quelques phrases, Scipion, reprenant la parole, expliquait sa pensée sur les études astronomiques dans leur rapport avec la contemplation de la puissance céleste, ce qui donnait lieu à ce beau passage qu'on lit ensuite dans le texte sur la sublimité de la science, opposée aux intérêts mesquins qui passionnent les hommes. Lélius (18), émerveillé de l'élévation des idées si chaleureusement exprimées par Scipion, déclare qu'il n'a point la hardiesse d'y répondre. Tout au plus hasarde-t-il de rapporter quelques traits placés par Ennius, peut-être, dans la bouche du vieux Romain Sextus, surnommé le sage et l'avisé, contre les devins et les astrologues ; puis, détournant insensiblement la conversation sur l'utilité des sciences abstraites, contenues

dans de justes limites, il en vient à exprimer cette pensée (19)
que les choses qui sont devant nos yeux sont plus faites pour
occuper nos recherches, et arrive ainsi, par une transition
à la fois naturelle et ingénieuse, au véritable objet du dialogue.

Se peut-il, en effet, que Tubéron, le petit-fils de Paul
Émile, le neveu d'Émilien, l'enfant d'une si noble famille
et d'une si glorieuse république, s'inquiète de l'apparition
de deux soleils et ne cherche pas pourquoi Rome a aujour-
d'hui, dans une seule république, deux sénats et presque
deux peuples en présence? Depuis la mort des Gracques, la
nation est divisée en deux partis : il faut travailler à les
réconcilier, à ramener l'unité du sénat, l'unité du peuple.
Et pour cela qu'y a-t-il à faire (20)? Étudier, afin de les
mettre en pratique, les sciences qui ont pour effet de rendre les hommes utiles à leur pays : car c'est là le plus glorieux bienfait de la sagesse, le plus grand témoignage de la
vertu, comme son plus grand devoir. Lélius prie donc
Émilien d'exposer à ses amis quelle est à ses yeux la meilleure forme de gouvernement, puis ils passeront à d'autres
points dont la connaissance les ramènera au sujet du
moment et rendra claires les causes des dangers qui menacent Rome. Philus, Manilius et Mummius approuvent cette
idée.

Une lacune de deux pages (21) nous prive de la réponse
de Scipion, qui, suivant toute probabilité, s'excusait de
traiter un sujet si grave, et auprès duquel ses amis faisaient
sans doute de nouvelles instances. Lélius, reprenant la
parole, presse son illustre ami de leur expliquer ces grandes
questions, que seul il a le droit de bien juger, et Scipion finit
par consentir. Après un exorde (22), où la modestie se mêle
à un sentiment légitime de sa valeur personnelle, Scipion
déclare qu'il n'est pas satisfait des choses que les Grecs ont
laissées sur cette question, et que, d'un autre côté, il n'ose
préférer ses vues aux leurs. Philus (23) l'engage à ne prendre conseil que de ses propres lumières, certain que les idées
d'un homme qui s'est mêlé aux affaires seront plus fécondes
que toutes les spéculations des Grecs. Scipion (24) ne voit
plus rien à objecter, et il entre en matière en établissant
d'abord comme une loi absolue la nécessité de bien définir
l'objet discuté. Or, qu'est-ce qu'une république? C'est la

chose publique. Et qu'est-ce que la chose publique ? C'est la chose du peuple (25). Un peuple, à son tour, n'est pas toute agrégation d'hommes formée de quelque manière que ce soit, mais une réunion cimentée par un pacte de justice et une communauté d'intérêts. La première cause pour se réunir est donc moins la faiblesse de l'homme que l'esprit d'association qui lui est naturel : d'où il suit (26) que ce sont des germes originels, un instinct latent, mais irrésistible, et non pas une convention première, qui a institué l'état social. Mais une cité a besoin, pour se maintenir durable, d'être gouvernée par une autorité intelligente. La première condition imposée à cette autorité c'est qu'elle se rapporte au principe qui produit la cité, à savoir la justice. Ensuite, il faut qu'elle soit placée ou dans la main d'un seul, ou dans quelques mains choisies, ou qu'elle soit prise par la multitude, l'universalité. Lorsque la direction de toutes choses dépend exclusivement d'un seul, cet individu est appelé roi et cette forme de constitution politique, royauté : lorsque la souveraineté dépend d'un petit nombre choisi, on dit que la cité est gouvernée par les meilleurs, *optimates* du mot *optimus*, en grec ἄριστοι, et la cité est soumise à une aristocratie[1] : enfin l'état populaire ou démocratique est celui où toute chose réside dans le peuple[2].

Ces principes établis, Scipion, jetant un coup d'œil général sur les trois formes de gouvernement (27), trouve qu'il est à craindre que, sous la monarchie, tout ce qui n'est pas le monarque ne soit trop dépouillé de droit et de pouvoir public ; que, sous l'oligarchie aristocratique, la multitude ne soit trop sevrée de liberté, et que, dans la démocratie, même juste et modérée, l'égalité ne dégénère en une injuste inégalité. Il en donne pour exemple Cyrus, le plus juste des rois, mais dont le gouvernement dépendait du clin d'œil d'un seul homme ; les Massiliens, gouvernés avec équité par une oligarchie aristocratique, mais soumis à je ne sais quelle apparence de servitude ; enfin les Athé-

1. Ou oligarchie aristocratique.
2. Bien longtemps avant Cicéron, et même avant Platon et Aristote, Hérodote avait examiné les avantages et les désavantages de la monarchie, de l'oligarchie aristocratique et de la démocratie. On peut voir Hérodote, liv. III, chap. LXXX et suivants, et comparer Montesquieu, *Esprit des Lois*, les premiers livres.

niens qui, après la suppression de l'Aréopage[1], faisant
tout par les actes et les décrets du peuple, ont cessé d'avoir
dans leur république cette gradation de rangs et d'hommes
qui est nécessaire même dans une démocratie. Il faut aussi
tenir compte des contrastes qui se présentent dans le développement successif de chacune de ces formes de gouvernement ; il faut observer comment elles sont entraînées par
une pente glissante et rapide vers un écueil voisin : après
Cyrus un Phalaris (28) ; chez les Massiliens, à côté d'une
sage aristocratie, le complot et la faction des Trente ; chez
les Athéniens, un pouvoir illimité du peuple dévolu aux
mains d'une multitude aveugle et effrénée[2]. De ces excès
résulte une confusion anarchique, ou bien de ces divers
éléments naît une forme nouvelle de constitution sociale (29)
produite par le balancement et le mélange des trois premières. C'est cette forme que Scipion préfère (30). Lélius
le sait pour le lui avoir entendu dire à lui-même. Il n'en
désire pas moins apprendre de Scipion quel est de ces trois
modes de gouvernement le meilleur à ses yeux. Scipion,
exprimant alors non pas son opinion personnelle, dont nous
sommes privés par une lacune du texte, mais les objections
des partisans de l'extrême démocratie, dit que chaque forme
de gouvernement ne vaut que suivant la nature et la volonté
du pouvoir qui la dirige (31). Or, nulle autre société n'est
véritablement le séjour de la liberté, que celle où le peuple
exerce la puissance souveraine, c'est-à-dire où la liberté
se fonde exclusivement sur l'égalité. Ainsi parlent les philosophes qui prétendent que, sitôt que, chez un peuple,
un ou plusieurs hommes s'élèvent par la richesse et par la
puissance, les priviléges nés de leurs prétentions ou de leur
orgueil engendrent nécessairement l'esclavage de la multitude (32). Ils ajoutent que, si le peuple savait maintenir
son droit, rien ne serait plus glorieux, plus libre et plus

1. On peut voir Plutarque, *Périclès*, chap. 16.
2. « La dernière phrase de ce chapitre, encore mutilée dans le
texte, laisse cependant apercevoir un sens qui n'est pas douteux. La
suite de ce beau développement remplissait deux pages, qui manquent
au manuscrit. Cicéron nous paraît avoir résumé, avec une admirable
précision et une sagesse impartiale, les avantages et les inconvénients de chaque forme de gouvernement. Il n'est là ni républicain,
ni Romain : il juge comme Montesquieu. » VILLEMAIN.

prospère : car il resterait alors souverain dispensateur des lois, des jugements, de la guerre, de la paix, des traités, de la fortune et de la vie de chaque citoyen, et alors seulement, à leur gré, l'État pourrait être appelé chose publique, c'est-à-dire chose du peuple. C'est par ce principe que, suivant eux, l'on voit souvent une nation remonter de la domination des patriciens ou des rois vers la liberté, et non pas de son état de peuple libre, se remettre sous le gouvernement des rois ou sous l'influence et la protection des grands. Ils ne croient pas d'ailleurs que les excès d'une démocratie livrée à elle-même soient un motif de repousser, dans son ensemble, ce caractère d'un peuple libre. Ils disent que, quand un peuple est uni et qu'il rapporte inviolablement tous ses efforts au salut et à la liberté commune, il n'y a rien au monde de plus fort et de plus immuable. Or, la loi étant le lien de la société civile, et le principe de la loi étant l'égalité, l'association civile cesse d'avoir des droits et même d'exister, quand la condition des citoyens n'est pas égale. Car, qu'est-ce qu'une cité, sinon une association au partage du droit ?

Il manque ici deux pages au manuscrit. « C'était, dit M. Villemain, le développement de cette idée simple et féconde, qui fait consister la perfection de l'ordre public, non pas dans un nivellement chimérique de rangs et de fortunes, non pas dans le principe antisocial des lois agraires, mais dans l'impartialité de la loi et la jouissance égale pour tous les droits civils. »

Quant aux autres formes politiques (33), Scipion, continuant d'exposer les idées des philosophes qui en ont discuté la valeur, fait remarquer qu'elles ne sont pas toujours dignes des noms qu'on leur attribue. Ainsi pourquoi donner à un maître absolu le nom de roi, réservé à Jupiter Très-Bon ? N'est-ce pas plutôt un tyran ? Et les aristocrates ou optimates, comment supporter qu'ils se décernent à eux-mêmes, et sans l'aveu du peuple, le titre d'excellents ?

Une nouvelle lacune vient couper le discours de Scipion ; mais on voit, à la reprise, que, après avoir exposé les raisonnements des partisans de la démocratie extrême, il passait à l'examen de la forme aristocratique. Un peuple libre (34) a le choix de ceux auxquels il entend se confier, et l'instinct de sa propre conservation lui fera toujours

choisir les plus sages. Quoi de plus admirable alors qu'une
république gouvernée par la vertu, alors que celui qui
commande aux autres n'est lui-même esclave d'aucune passion honteuse, alors que toutes les choses, dont il fait la
règle et le but des autres, il les embrasse lui-même et que
sa propre vie est une loi qu'il présente à ses concitoyens?
Quant à l'égalité de droits si chère aux peuples libres, il est
rare qu'elle se maintienne et qu'elle ne finisse par devenir la
plus injuste du monde. En effet, si semblable honneur est
rendu aux plus éminents et aux plus infimes, n'est-ce pas
le comble de l'injustice?

Scipion ayant achevé cet exposé sommaire, Lélius le prie
de vouloir bien faire connaître à ses auditeurs quelle est
celle des trois natures de gouvernement qu'il approuve le
plus (35). L'orateur ne dissimule pas qu'il éprouve quelque
embarras à se prononcer d'une manière formelle. Les rois
présentent l'attrait de l'affection, les grands celui du talent,
les peuples celui de la liberté; en sorte que, dans cette
concurrence, le choix est difficile. S'il faut cependant qu'il
se borne à une de ces formes dans sa simplicité et dans
son unité, les premiers éloges sont pour la monarchie. Et
de même que le poëte Aratus de Soli se croit obligé de commencer son poëme par Jupiter (36), de même c'est la
royauté qui doit être placée au premier rang des institutions
civiles. Modèle de l'unité providentielle qui régit l'univers et
que personnifie le Jupiter homérique, roi et père de tous les
êtres, la royauté semble le véritable état des sociétés primitives. A ce propos, Scipion, remontant jusqu'à la fondation de
Rome (37), appuie son opinion sur l'état de mœurs d'un peuple
qui n'est ni trop antique ni trop barbare; puis, passant de ces
considérations historiques à des observations morales relatives à l'unité de direction ou d'initiative qu'exerce notre âme
sur elle-même (38), il démontre l'impossibilité qu'il y ait une
série d'actions utiles et salutaires où il manque une autorité
régnante et continue (39). Il suit de là que, dans l'ordre
politique, le pouvoir d'un seul, pourvu qu'il soit juste, est
le meilleur, de la même manière qu'il faut à un malade un
seul médecin, à un vaisseau un seul pilote. La preuve en
est que, après l'expulsion des rois provoquée par les
cruautés de Tarquin, le peuple, il est vrai, recouvra ses
droits et sa liberté, mais se jeta entre les bras d'un dicta-

teur (40) toutes les fois que des séditions, des bannissements injustes, des guerres désastreuses le mirent dans la nécessité de recourir au génie ou à l'énergie d'un seul homme. Une lacune de deux pages était sans doute remplie par la continuation de l'éloge que Scipion fait de la monarchie (41); mais ce qui suit dans le texte est une des choses les plus curieuses et les plus belles que l'on puisse trouver dans aucun auteur ancien. Cicéron, après avoir esquissé sous des couleurs touchantes la douleur des Romains à la mort de Romulus, emprunte à Platon la peinture éloquente et vive des fureurs auxquelles se laisse emporter la démocratie livrée sans frein au désordre de ses passions (42, 43). C'est un des plus éloquents morceaux de la langue latine. Qu'arrive-t-il de cette indépendance effrénée? Que, pour punir la soif déréglée de liberté, dont s'est enivrée la foule, la tyrannie en sort, comme de sa souche naturelle (44). L'excessive liberté aboutit, pour le peuple et pour les individus, à une excessive servitude. Même révolution dans le système aristocratique, si les vices égarent les grands qui le composent. Ainsi le pouvoir est comme une balle que l'on s'arrache l'un à l'autre, et qui passe des rois aux tyrans, des tyrans aux aristocrates et au peuple, et de ceux-ci aux factions et aux tyrans. Les choses étant ainsi, la royauté est de beaucoup préférable aux trois autres formes de gouvernement. Mais elle est elle-même inférieure à celle qui se compose du mélange égal des trois meilleurs gouvernements réunis, et tempérés l'un par l'autre (45), de telle sorte que dans l'État il existe un principe éminent et royal, qu'une autre portion du pouvoir soit acquise et donnée à l'influence des grands et que certaines choses soient réservées à la volonté de la multitude. Cette constitution a d'abord un grand caractère d'égalité, condition nécessaire à l'existence de tout peuple libre, et elle offre ensuite une grande stabilité, vu qu'il n'y a point de cause de révolution là où chacun est assuré dans son rang et ne voit pas au-dessous de place libre pour y tomber. Telles sont les idées de Scipion sur les gouvernements en général, et, en particulier, sur la monarchie et sur la forme mixte, résultat de la pondération des trois autres systèmes. Il en termine l'exposé (46) par l'expression d'un sentiment personnel et profondément national, à savoir qu'il estime, il sent, il déclare que, de tous les gouvernements, il n'en est pas un qui, pour la constitution et la distribution de ses parties et pour la discipline des mœurs, puisse être comparé avec celui que les vieux Romains ont transmis à leurs descendants. C'est désormais sur ces faits, connus de tous, qu'il va porter la conversation et s'efforcer de démontrer que la cité romaine doit servir de modèle à tout ce que l'on peut dire sur la meilleure forme de cité.

Deuxième livre.—Le deuxième livre est la partie capitale de l'œuvre de Cicéron, celle où se dessine le plus nettement et de la manière la plus suivie la pensée dominante de son traité. On y trouve un tableau largement tracé de l'ancienne constitution romaine, telle qu'elle a existé dans les premiers siècles de Rome, ou plutôt telle que Cicéron la conçoit et la suppose depuis qu'elle n'est plus. Une pensée du vieux Caton (1), dont il fait un bel éloge, sert de point de départ au discours d'Émilien. Caton disait que, si le gouvernement de Rome l'emportait sur celui des autres cités, c'est qu'elles n'avaient presque jamais eu que des grands hommes isolés, qui avaient constitué chacun sa patrie d'après ses lois et ses principes particuliers, tandis que la constitution politique de Rome a été l'œuvre du génie, non d'un seul, mais de plusieurs, et qu'elle s'est affermie non par un seul âge d'homme, mais durant plusieurs générations et plusieurs siècles [1]. Comment s'est produite cette série continue d'institutions et d'hommes éminents? L'enchaînement des faits historiques va le démontrer.

A partir de Romulus commence la vie, pour ainsi dire, de Rome, dont Scipion entreprend de raconter successivement la naissance, les progrès, l'âge adulte, la force et la maturité (2). Une sorte d'intervention divine a présidé à l'origine de la ville, fondée par le fils de Mars. Sans doute on peut douter des traditions légendaires qui se débitent sur Rémus, Amulius et la louve nourrice des deux

---

1. Cette pensée profonde et féconde a servi comme de phare lumineux aux considérations des écrivains qui ont cherché à pénétrer et à faire saisir le germe, le développement et le jeu des institutions romaines, Bossuet, Montesquieu, Saint-Évremond, Mably, et plus récemment Michelet, Mommsen, Napoléon III.

frères[1] ; mais on ne saurait trop admirer la merveilleuse prévoyance avec laquelle Romulus, voulant jeter le germe d'une
cité durable, en choisit l'emplacement (3). Il se garda bien de
la rapprocher de la mer, chose qui lui était si facile, avec les
forces dont il disposait ; mais, avec la sûreté de coup d'œil
d'un génie supérieur, il comprit tous les désavantages, tous
les périls auxquels sont exposées les cités maritimes.
Scipion les énumère (4) avec une complaisance qui touche
parfois au paradoxe, mais qui nous donne, indépendamment du mérite du style, des documents curieux sur Corinthe,
le Péloponnèse, l'ancienne Grèce et ses colonies. Rome (5),
placée sur la rive d'un fleuve dont le cours, égal et constant, aboutit à une vaste embouchure, peut recevoir
par mer tout ce qui lui manque et renvoyer sa sura-
bondance par le même chemin. Aussi Romulus sem-
ble-t-il avoir pressenti, dès le début, que cette cité serait un jour le siége et le centre d'un puissant empire. Il
en est de même des fortifications naturelles de Rome (6) :
l'enceinte de la ville, confinant de toutes parts à de hautes
et rudes collines, le seul passage ouvert, entre le mont
Esquilin et le mont Quirinal, se trouvait fermé par un
immense fossé, et la citadelle s'appuyait sur un rocher à
pic et d'un abord presque impraticable. Remarquons aussi
que Romulus choisit un lieu rempli de sources et remarquable par la salubrité, au milieu d'une région pestilentielle : les collines de la campagne romaine sont ventilées
par le souffle de l'air et protégent la vallée de leur ombre.
Rome est fondée (7) : il faut en assurer l'existence, la peu-
pler : les Sabines sont enlevées : ce grief appelle sur la
cité nouvelle les armes des Sabins ; mais le mal tourne en
bien, et Romulus, par une alliance, partage son pouvoir
avec le roi Tatius. Tatius meurt (8) : l'autorité tout entière
retombe aux mains de Romulus, qui, après avoir organisé
fortement la constitution de son peuple (9) et régné

1. On peut comparer la *Préface* de Tite-Live. — Il est regrettable que
Cicéron, peu crédule sur ce point de l'histoire romaine, accepte sans
contrôle et sans critique les autres traditions relatives aux premiers
temps de Rome. La science moderne ne s'est point tenue pour
satisfaite de ces fables et de ces légendes, et l'on a cherché à expliquer
par des causes humaines et possibles les faits surhumains et impossibles attribués à la période qui s'étend depuis les rois jusqu'aux premiers
temps de la république.

trente-sept ans, disparaît dans une soudaine éclipse de soleil (10) et est considéré désormais comme un dieu.

Scipion s'arrête un instant (11) et Lélius le félicite de suivre, dans la discussion, une méthode nouvelle, qui ne se retrouve nulle part dans les livres des Grecs, et qui, réunissant le réel et l'idéal, applique aux événements eux-mêmes les théories imaginées par Platon, ramène à un système les effets de la nécessité ou du hasard, et ne laisse pas errer son discours sur mille exemples.

Après la mort de Romulus (12) le sénat essaye de gouverner sans roi la république : le peuple ne le souffre pas : une transaction s'opère au moyen de la forme à laquelle on donne le nom d'interrègne¹ ; mais, au bout d'un an, Numa Pompilius est appelé de Cures à Rome pour exercer la royauté (13). Le premier acte de ce prince, si éclairé et si juste, est de faire ratifier son pouvoir par une loi curiate : son système de gouvernement est de ramener à des habitudes pacifiques les Romains qu'avaient passionnés pour la guerre les institutions de Romulus. En conséquence (14), il divise par tête entre les citoyens les terres que Romulus avait conquises afin de leur inspirer l'amour de l'agriculture et du repos, et s'ingénie des meilleurs moyens pour faire prospérer la justice et la bonne foi, règle saintement le culte public, et meurt après un règne de trente-neuf ans, durant lequel il affermit les deux gages les plus puissants de la durée de la république, la religion et la clémence.

En ce moment, Manilius (15) s'informant auprès de Scipion s'il faut croire la tradition qui suppose que Numa fut l'élève de Pythagore, ou du moins qu'il fut pythagoricien, Scipion lui répond et lui démontre que c'est une supposition non-seulement fausse, mais ignorante et absurde dans sa fausseté. Manilius accepte la démonstration avec d'autant plus d'empressement, qu'elle prouve que l'éducation des Romains ne leur est pas venue d'outre-mer, mais qu'elle est due tout entière à des vertus indigènes et domestiques (16). Après la mort de Numa (17), le peuple crée roi Tullus Hos-

---

1. Tite-Live, liv. I, chap. xvii, rapporte que l'autorité fut alors exercée par une réunion de dix sénateurs, dont un seul avait les faisceaux et les licteurs et qui se renouvelaient tous les cinq jours : il ajoute que cet état provisoire se prolongea pendant une année, et que le peuple, lassé de tant de maîtres, redemanda la royauté.

tilius, qui fait ratifier son élection par une loi curiate. Il renouvelle les exploits de Romulus, construit la place des Conciles et le palais du sénat, institue le collège des Féciaux, et, consultant le peuple en toute occurrence, ne se permet pas, sans son aveu, de déployer les insignes de la royauté[1]. Ainsi la république marche ou plutôt vole vers sa perfection. Après Tullus (18), Ancus Martius, descendant de Numa par sa fille Pompilia, est établi roi par le peuple : il fait valider son élection comme ses deux prédécesseurs. Vainqueur des Latins, il les admet au droit de cité, joint à la ville l'Aventin et le Célius, distribue les terres labourables prises à la guerre, garde dans le domaine public les forêts par lui conquises et voisines de la mer, bâtit, à l'embouchure du Tibre, Ostia qu'il peuple d'une colonie, et meurt après avoir régné vingt-trois ans. Pour la première fois alors (19), Rome s'éclaire des rayons d'une civilisation adoptive. Ce descendant du Corinthien Démarate, Tarquin (20), devenu cher à Ancus, s'était attiré les bonnes grâces du peuple par ses services et par ses largesses. A la mort d'Ancus, il est élu roi, fait valider son élection, double le nombre du sénat, règle l'établissement de l'ordre équestre, conserve les dénominations primitives des Tatiens, des Rhamnenses et des Lucères[2] ; repousse les Sabins, qu'il poursuit et disperse, institue les jeux romains, donne un temple à Jupiter sur le Capitole, et meurt après trente-huit ans de règne.

Vient alors le règne de Servius (21), celui de tous les rois qui eut les plus grandes vues pour l'État. Il est vrai qu'il prend d'abord le pouvoir en main sans l'assentiment du peuple; mais aussitôt après les funérailles de Tarquin, il se fait autoriser par une loi curiate, réprime par les armes les insultes des Étrusques, et organise le fameux système des

---

1. Le roi marchait précédé de douze licteurs.

2. C'était le nom des trois tribus dont la fusion composa la population primitive de Rome. On ne sait d'où vient le nom des *Titiens* ou *Tatiens* ni celui des *Lucères*. Quant au mot *Rhamnenses, Rhamnes* ou *Rhamniens*, dans lequel plusieurs savants croient qu'il faut chercher le nom originaire de Rome, Alexandre Mommsen lui donne le sens d'*hommes de la forêt* ou *des bois*. D'autres dérivent *Roma* de *Ruma*, vieux mot de la langue osque, qui veut dire *mamelle, mamelon, colline*, d'où les traditions légendaires fondées sur la double signification de ce mot.

centuries relatif à la distribution des suffrages (22). Cicéron entre dans des détails circonstanciés sur ce rouage essentiel de la constitution politique de Rome. Seulement une lacune de plusieurs pages interrompt cette analyse de la législation de Servius, et nous trouvons au chapitre suivant (23) une sorte de parallèle entre la constitution lacédémonienne et carthaginoise et celle de Rome, que Cicéron préfère de beaucoup aux deux autres; puis nous arrivons, à travers une nouvelle lacune (24), à une appréciation sévère de Tarquin le Superbe et au récit sommaire de la fin tragique de Lucrèce (25), suivie du bannissement des rois.

C'est ainsi que du roi sort le despote (26), et que, par le crime d'un seul, une forme de gouvernement, de bonne qu'elle était, devient pernicieuse. Tarquin est le premier modèle du tyran (27), nom que les Grecs donnent au monarque absolu, ou plutôt au mauvais roi, et, par suite, les Romains appellent indistinctement roi tout homme qui veut exercer sur le peuple une puissance perpétuelle et sans partage. Il est bien à regretter qu'une lacune interrompe le passage (28); mais nous sommes transportés tout à coup à Sparte, où Lycurgue forme, sous le nom de vieillards, un conseil de vingt-huit membres auxquels il attribue le droit suprême de délibération, tandis que le roi a le droit suprême de commandement. Romulus en fit autant et combina de telle sorte le pouvoir sénatorial avec la puissance royale que l'ascendant demeura du côté du roi; si bien que la destinée du peuple dépendit des inclinations et de la volonté d'un seul homme. Il en résulte (29) que le premier exemple, le type et l'origine de la tyrannie apparaît dans la république même que Romulus a instituée, et que Tarquin, non par l'usurpation d'une puissance nouvelle, mais par l'injuste emploi de celle qu'il avait, renverse tout ce système d'État monarchique. Scipion oppose à cet exemple celui de l'homme vertueux et sage, éclairé sur l'intérêt et sur la dignité de ses concitoyens et qui est comme le tuteur et l'intendant de la république. Malheureusement plusieurs pages manquent ici et font perdre au lecteur ce portrait du sage et vertueux souverain.

Le chapitre suivant (30) nous jette brusquement au milieu d'un exposé du système de Platon sur la répartition égale des fortunes : État imaginaire, fictif, république plus désirable que possible. Autre est le cadre que s'est tracé Cicéron. Bien qu'il s'attache aux mêmes principes que Platon, il les essaye, non sur un simulacre, une apparence de société, mais sur la plus puissante république qui fut jamais, de manière à paraître noter du doigt, pour ainsi dire, la cause de tout bien et de tout mal public.

De cette digression, causée par la mutilation du texte, l'auteur revient à l'antipathie des Romains pour le nom de roi et pour tout ce qui rappelle l'idée de despotisme (31). C'est dans cet esprit qu'ils ont banni tous les Tarquins, y compris Collatin, malgré son innocence, que Valérius abaissa les faisceaux devant le peuple, et qu'il fit reporter au pied du Vélia les constructions de sa demeure, élevée d'abord sur cette colline. Le même consul mérita le nom de Publicola, *qui respecte le peuple*, pour avoir fait voter la première loi reçue dans les comices par centuries, laquelle défendait à tout magistrat de faire mettre à mort ou de frapper de verges le citoyen qui en appelait au peuple. Certains légistes font remonter plus haut le droit d'appel; mais Publicola sanctionna cette loi par une promulgation nouvelle. C'est durant cette période (32) que la république, grâce à une sage modération des pouvoirs du sénat, des consuls et du peuple, accomplit à la guerre les grandes choses qui l'ont illustrée. La création de la dictature dans les temps de crise reproduit une image de la royauté; mais ces instants sont courts et ils ne détruisent pas l'équilibre des droits, des devoirs et des prérogatives respectives des différents ordres. On ne doit pas dissimuler cependant que les dettes excessives de certains citoyens n'aient mis alors le désordre dans l'État (33); le peuple se retira sur le mont Sacré et ensuite sur l'Aventin. Mais les cités grecques n'avaient point échappé à toute perturbation sociale. A Sparte, malgré l'austère discipline de Lycurgue, il fallut créer, en diverses conjonctures, les éphores où les cosmes établis en opposition à la puissance royale, comme les tribuns, à Rome, pour balancer l'autorité consulaire. Peut-être aurait-on pu appliquer, à Rome (34), au fléau des dettes, le remède que Solon avait trouvé pour Athènes, l'abolition de la contrainte par corps : il y eut même des moments où l'on pratiqua cette sage mesure et d'autres semblables; mais le sénat ayant abandonné cette prudente politique, ce fut l'occasion d'un changement qui, par la création de deux tribuns, issue d'une émeute populaire, affaiblit le pouvoir et l'ascendant du sénat. Dans cette situation (35), Sp. Cassius, enhardi par la faveur dont il jouissait auprès du peuple, cherche à s'emparer de la puissance royale : son propre père le fait mettre à mort. Cinquante-quatre ans après l'expulsion des rois, les consuls Tarpéius et Aternius font une chose agréable au peuple en proposant la substitution d'une amende aux peines corporelles, infligées aux débiteurs ; et vingt ans plus tard, la confiscation en nature est remplacée par une modique évaluation en espèces. Mais quelques années avant ces faits (36) la création du décemvirat avait momentanément suspendu toutes les magistratures. Les premiers décemvirs, investis d'une autorité sans appel pour exercer le pouvoir souverain et rédiger des lois, composent leurs dix tables avec beaucoup de prudence et d'équité. Il n'en est pas de même de leurs successeurs (37). Leur injustice produit soudainement un grand désordre : ils ajoutent deux tables de lois tyranniques, prohibent, par la plus odieuse des lois, tout mariage entre les plébéiens et les familles des sénateurs, et portent dans tout leur gouvernement la dureté, la débauche et l'avarice. Le meurtre de Virginie, immolée par son père à la Pudeur et à la Liberté, fait évanouir leur puissance. Huit pages de lacune interrompent ce récit, qui se termine par un éloge de la constance du sénat à maintenir dans toute sa force l'organisation à laquelle Rome a dû sa grandeur.

Scipion avait achevé (38), et ses auditeurs charmés attendaient qu'il continuât son discours. Tubéron lui fait une objection. Selon lui, Scipion a fait l'éloge de la constitution romaine, tandis que la question de Lélius portait sur toute espèce de gouvernement ; et, d'autre part, il n'a point dit par quels principes, par quelles lois, par quelles mœurs les Romains peuvent maintenir ce gouvernement dont il a fait l'éloge. Scipion répond qu'il aura bientôt une occasion plus naturelle de discuter la question de l'établissement et de la durée des États (39). Quant à la meilleure forme de gouvernement, il croit avoir suffisamment répondu à la question de Lélius, en reconnaissant trois formes de gouvernements raisonnables auxquels il a opposé trois formes de gouvernements funestes, puis en désignant comme préférable à chacun d'eux celui qui serait habilement formé de leur mélange.

Maintenant, si l'on cherche le meilleur mode de république, indépendamment de tout exemple particulier, que l'on consulte l'image de la nature.

Ici commence une longue lacune, dont il est impossible d'évaluer l'étendue (40). On voit seulement que Scipion, après être entré sans doute dans des réflexions générales et métaphysiques sur l'origine et la nature du pouvoir, en cherchait le modèle dans l'ordonnance même de l'univers et dessinait ensuite le portrait particulier du politique ou de l'homme d'État. Le politique, selon lui, c'est l'Indien ou le Numide qui, assis sur le cou d'un éléphant, maîtrise et gouverne ce colosse, et, plutôt par le signe que par le toucher, le conduit où il veut. Ainsi l'homme d'État, doué d'intelligence et de raison, soumet au frein et dompte un monstre multiple et bien autrement indocile, bête féroce qui s'abreuve de sang, s'emporte aisément à toute cruauté et peut à peine se rassasier de victimes humaines.

En cet endroit, nouvelle interruption, (41). Nous retrouvons plus loin Lélius (42), disant à Scipion qu'il comprend maintenant quelle œuvre, quelle tâche est imposée à l'homme d'État. Scipion, qui sans doute, dans les pages perdues, discutait sur les devoirs, les passions et les vertus de l'homme placé à la tête des affaires de sa patrie, résume en une seule obligation les devoirs qu'imposent les fonctions politiques à quiconque les exerce : ne jamais suspendre son action et sa surveillance sur lui-même, exciter les autres à l'imiter, et être enfin par l'éclatante pureté de son caractère et de sa vie comme un miroir offert à ses concitoyens. Là se place la comparaison, souvent reproduite *, d'un État avec un concert de voix et d'instruments combinés pour produire une belle et puissante harmonie ; mais cet accord qui résulte du jeu réuni des éléments les plus divers, et qui s'appelle union dans l'état social, ne saurait exister sans la justice. Ce dernier principe, reconnu et accepté par tous les auditeurs (43), la discussion est remise au lendemain.

Troisième livre. — Un préambule, où Cicéron parlait en son propre nom, servait d'introduction au troisième livre de la

---

1. On peut voir *Montesquieu, Grandeur et décadence,* chap. IX, vers la fin.

République. Tout mutilé qu'il est (1), ce morceau renferme de grandes et belles pensées. La base de tout ordre social c'est la justice, mais la justice a son principe originel dans le cœur même de l'homme. Cicéron est donc amené à rechercher les premiers développements de l'intelligence humaine, et c'est ce qu'on voit qu'il a fait en traçant la peinture de l'homme nu, frêle et débile aux portes de la vie, mais ayant dans son âme une étincelle de feu divin, la raison. La raison le conduit à l'usage de la parole, à la connaissance des nombres, à celle de l'astronomie (2); puis viennent des hommes dont l'âme s'élève plus haut et exécute quelque chose digne du bienfait qu'ils ont reçu des dieux (3). La science morale naît, se développe et formule des préceptes de conduite : les institutions sociales se produisent soit par les spéculations fournies aux loisirs et à l'éloquence des philosophes, soit par la pratique et par l'application. Entre ces deux voies de la sagesse, l'on peut trouver plus heureuse la vie tranquille, passée dans l'étude et dans les lettres, mais cependant la vie civique, la vie des affaires est certainement plus estimable et plus éclatante : c'est celle où se sont illustrés les plus grands héros de Rome, un Curius, et tant d'autres dont une lacune nous dérobe les noms. Mais ce n'est pas seulement à Rome et en Italie que des hommes illustres ont travaillé à constituer ou à maintenir une société qui fut durable (4) : en Grèce, en Assyrie, chez les Perses, chez les Carthaginois, que de législateurs, que de fondateurs d'empires! Ici se termine ce qui reste de ce beau préambule, et le manuscrit palimpseste ne recommence qu'au moment où le dialogue paraît s'établir de nouveau par la tâche imposée à Philus de parler contre la justice. On sait comment le Grec Carnéade avait scandalisé la bonne foi romaine. L'an 599 de Rome, 155 avant J. C., c'est-à-dire 26 ans avant l'époque où Cicéron place le dialogue sur la *République*, Carnéade était venu d'Athènes, avec Diogène de Babylone et Critolaüs de Phasélis, solliciter du sénat la réduction d'une amende imposée à leur ville natale. Ce Grec, pour amuser les maîtres qu'il implorait, après avoir disserté publiquement sur l'existence de la justice, avait soutenu le lendemain la thèse contraire. Caton le censeur, représentant rigide des vieilles mœurs aristocratiques de sa patrie, fut d'avis qu'il fallait renvoyer sur-le-champ, avec ses compagnons d'ambassade, l'orateur qui donnait un si funeste exemple; car comment, en présence de pareils raisonnements, discerner où se trouvait la vérité? Le sénat se rangea tout d'une voix à la sentence de Caton et Carnéade fut invité à sortir de Rome. Mais on n'y perdit point le souvenir de sa discussion, ni des arguments sur lesquels il avait fondé son paradoxe. Voilà comment Cicéron est conduit à placer dans la bouche de l'un de ses interlocuteurs les raisons sophistiques dont Carnéade s'était servi pour appuyer son dire. C'est à Philus que les autres personnages du dialogue confient ce soin. Il s'en défend d'abord (5), disant qu'il ne veut point se salir en connaissance de cause, mais il finit par y consentir. Philus commence donc par établir en principe qu'il n'y a point de droit naturel, vu que, s'il y en avait, le juste et l'injuste seraient les mêmes pour tout le monde, comme le chaud et le froid, le doux et l'amer (6), tandis que l'on ne voit chez les divers peuples, Égyptiens, Grecs, Perses, Carthaginois, Gaulois, que variété d'opinions à cet égard (7). Il y a plus, en se bornant à une seule ville, à Rome (8), on peut se convaincre que les lois, les institutions, les mœurs, les coutumes y ont changé mille fois. Ainsi (9), si la justice était naturelle et innée, tous les hommes admettraient le même droit et ne se feraient pas un droit différent en différents temps. Une telle variété n'est donc pas compatible avec la nature: d'où il suit que le droit n'a pas de bases naturelles et qu'il n'y a pas d'homme juste par nature. En cet endroit (10), le texte s'altère et les lacunes recommencent; mais le texte de Lactance [1], transcrit probablement de Cicéron même, et renfermant quelques-uns des sophismes de Carnéade en faveur de l'injustice dans la politique, peut, en partie, y suppléer. La prudence humaine nous dit d'augmenter notre puissance, nos richesses, d'agrandir notre territoire, en un mot de prendre l'intérêt de la patrie. Mais qu'est-ce que cet intérêt national, sinon le dommage d'un autre État, d'un autre peuple? Tout conquérant est un héros, mais c'est aussi un usurpateur, un homme injuste. Le pirate qui se comparait à Alexandre, réserve faite de l'étendue de leur brigandage respectif, disait la vérité au dominateur de l'Asie. Nul ne peut être puissant, maître

---

1. *Institut. divin.*, liv. V et VI.

b.

souverain, sans l'envahissement du bien d'autrui. Or, tous ceux qui ont usurpé le droit de vie et de mort sur les peuples ont beau se faire appeler du nom de roi, réservé à Jupiter Très-Bon, ils n'en sont pas moins des tyrans : l'oligarchie aristocratique dégénère en faction, la liberté démocratique en licence (11, 12, 13). La justice est donc fille non de la nature ni de la volonté, mais seulement de la faiblesse humaine. Tous les peuples (14, 15, 16) qui ont possédé l'empire, les Romains eux-mêmes, maîtres du monde, s'ils voulaient être justes, c'est-à-dire restituer le bien d'autrui, en reviendraient aux cabanes, et n'auraient plus qu'à languir dans le malheur et dans la pauvreté. A ces arguments, dont le bon sens, pour le dire en passant, n'aurait pas de peine à renverser l'échafaudage paradoxal, Philus ajoute que le sage ne recherche pas la vertu à cause de la jouissance personnelle et spontanée que lui procurent la bienfaisance et la justice, mais par cette seule raison que la vie de l'homme vertueux est exempte de soucis, de craintes, de périls, tandis que les méchants sentent toujours dans l'âme quelque pointe de remords et voient sans cesse la punition suspendue sur leur tête. Là se place l'éloquent passage (17), imité de Platon, où Philus présente, au nom de Carnéade, la double hypothèse du juste accablé d'ignominie et du méchant comblé de tous les prix de la vertu, et, dans sa pensée, le choix qu'il offre entre ces deux destinées si différentes implique une préférence en faveur de la seconde. Platon avait posé la question en sens inverse, et c'est ainsi qu'il est plus naturel de la concevoir et de la résoudre. Mais qu'est-ce qu'un paradoxe de plus, après ceux sur lesquels Carnéade assoit son argumentation? Il en est des États comme des individus (18) : il n'y a pas de peuple assez insensé pour ne pas aimer mieux régner par l'injustice que de tomber par l'injustice. Qu'un honnête homme soit placé dans une condition telle qu'il ait à vendre un esclave infidèle ou une maison malsaine (19), sera-t-il assez naïf pour préférer l'intérêt de l'acheteur au sien? Dans un danger pressant (20) est-il naturel de sacrifier sa vie pour épargner celle d'autrui? Bien que la conclusion de Carnéade fasse défaut, on la devine sans peine : la justice est une duperie, une invention purement humaine pour couvrir d'un mot spécieux le véritable mobile des actions de l'homme, l'égoïsme ou l'intérêt. Scipion, Lélius et les autres auditeurs se récrient, comme de juste, contre ce discours empoisonné (21, 22), et Lélius le réfute en y opposant la thèse contraire en faveur de la justice dans la vie privée et dans le gouvernement. Malheureusement cette réponse manque au manuscrit palimpseste; mais on y trouve, par bonheur, le beau morceau, tant de fois cité, sur la loi universelle, constante, immuable, émanant de Dieu même, et qui, inscrite au cœur de tous les hommes, est comme une protestation vivante et éternelle contre les sophismes des doctrines utilitaires et contre la négation insensée du devoir. Ici les idées subissent de nombreuses interruptions et ne se lient plus avec un enchaînement rigoureux. Suivons les principales, telles que les ont conservées saint Augustin, Lactance, Nonius et Isidore de Séville. Une sage république n'entreprend jamais de guerre que pour le devoir et pour son salut (23). En effet, un État doit être constitué pour vivre éternellement : il ne doit donc pas s'exposer à périr. C'est en défendant leurs alliés, et par conséquent au moyen de guerres justement entreprises, que les Romains sont devenus progressivement les maîtres de l'univers. Il suit de là que toute domination n'est légitime que fondée sur la justice; de même qu'il est juste que la raison commande à la partie passionnée et vicieuse de notre être (24). Ainsi les maîtres, les princes, les seigneurs dominent sur les États au même titre que l'âme sur le corps. Si on refuse d'admettre (25) que l'équité, la bonne foi et la justice émanent de la nature, et si on rapporte tout à l'utilité, il n'y a plus d'homme de bien; il n'y a plus de société (26). Mais ne voyons-nous pas que la vertu ne recherche point l'utile (27)? Elle veut franchement la gloire : il n'est pas d'autre prix pour elle. Quels trésors peut-on offrir à l'homme vertueux? Quels trônes? Quels empires? Il considère de tels biens comme mortels, et ceux qu'il possède comme divins. Telle est la différence entre le vainqueur des Samnites et Tibérius Gracchus (28); le premier fidèle aux principes du désintéressement et de la justice, le second persévérant dans la justice à l'égard des citoyens, mais dédaignant les droits et les traités garantis aux alliés et au peuple latin. Lélius termine son discours en souhaitant que la république maintienne son autorité par le droit et par la justice; autrement il serait inquiet sur la durée de la cité romaine et sur son immortalité. Quand il a fini de parler (29),

Scipion et ses amis le félicitent avec empressement, et, l'entretien reprenant, nous retrouvons, après une lacune d'une douzaine de pages, la conversation établie sur cette idée qu'un État, tout entier au pouvoir d'un seul ou d'une faction, ne saurait être appelé justement une société politique (30, 31). Des exemples choisis dans l'histoire de Sicile et d'Athènes confirment cette maxime de gouvernement. Scipion examine ensuite (32) s'il est possible d'appeler chose du peuple l'État où tout est placé dans la main de la multitude, et il conclut par la négative. Un assemblage d'hommes non contenus par le lien commun de la loi est tyran aussi bien qu'un seul homme, et même tyran d'autant plus odieux qu'il n'est rien de plus terrible que cette bête féroce qui prend la forme et le nom de peuple. Peut-être le nom de chose du peuple convient-il mieux à une sage aristocratie (33, 35). Lorsque plusieurs hommes vertueux exercent la puissance, c'est l'État le plus fortuné. Telle est, du moins, la pensée de Mummius. Scipion répond qu'il reconnaît bien l'expression de la haine que Mummius a toujours professée pour le gouvernement populaire : il concède volontiers, quoique avec certaines réserves, que des trois formes de gouvernement, il n'en est aucune qui soit moins digne d'éloge; mais il n'accorde pas que l'aristocratie soit préférable à la royauté. Plusieurs pages perdues empêchent de connaître la conclusion de ce livre et les idées qui servent de transition au livre suivant.

Quatrième livre. — L'état de mutilation du quatrième livre en restreint l'étendue à quelques pages sans suite et sans indication du nom des interlocuteurs. On voit cependant, à travers l'incohérence des débris, que, après avoir traité de la justice, première condition de la vie sociale, Cicéron prenait pour sujet de son dialogue l'état et les mœurs des femmes, l'éducation des enfants, le luxe, les jeux publics, les théâtres. Texte piquant et varié, cadre rempli, sans nul doute, de vues ingénieuses, de rares et curieux détails relatifs à la vie des Romains et formant ainsi l'un des côtés les plus instructifs de l'histoire de ce peuple! L'analyse d'un pareil morceau devient presque impossible : voici toutefois quelques-unes des idées saillantes qu'il contient.

L'âme, douée de la raison (1), prévoyant l'avenir et se rappelant le passé, est, sans contredit, la partie de l'homme que la vie sociale doit, avant tout, façonner et tourner à l'utilité commune. Ainsi procède la nature, dont les forces agissent en vue du bien de l'homme : ainsi les législateurs qui ont organisé la cité (2, 3) de manière à ce que tout y contribuât au bonheur de tous. L'un des éléments les plus importants d'une heureuse organisation civile, c'est l'éducation des enfants (4) et la direction saine de leurs penchants; il faut que pour eux la vie commune soit une école de bonnes mœurs. Les poëtes peuvent-ils contribuer à une éducation vraiment civile? On se le demande, en voyant Platon bannir Homère de sa République, couronné de fleurs et baigné de parfums (5). Mais ce qui est capable de maintenir les mœurs sous une discipline sévère, c'est l'institution des censeurs (6). Par eux est assurée l'exécution des lois faites pour protéger la pudeur et réprimer l'essor du luxe. Il est indigne d'un grand peuple de courir après la richesse, d'être à la fois souverain du monde et péager (7). Le meilleur revenu dans la famille et dans l'État, c'est l'économie. Personne ne doit souffrir que le luxe envahisse tout, jusqu'au langage (8). Le respect dû aux morts et aux tombeaux n'est point ennemi de la simplicité. Pour en revenir aux poëtes (9), rien n'est plus dangereux que la poésie dramatique, et, bien que le théâtre soit l'imitation de la vie, le miroir de la coutume, l'image de la vérité, que de fausses images il présente à l'esprit, que de craintes il suggère, que de passions il enflamme! La tragédie, par l'étalage emphatique des souffrances de ses héros, prédispose à une pitié énervante (10, 11): la comédie, par les sarcasmes qu'elle dirige même contre la vertu, accoutume au mépris de ce qui doit être respecté. Aussi les anciens Romains n'ont-ils jamais souffert qu'on mît en scène, aussi bien pour le louer que pour le critiquer, un personnage vivant. Il suffisait chez eux que dans les festins on chantât les hauts faits des héros du vieil âge, afin que la jeunesse fût plus prompte à les imiter.

Cinquième livre. — Il en est du cinquième livre comme du précédent : l'état du texte ne permet que des conjectures et des inductions. Il est présumable toutefois que le dialogue avait pour objet, dans cette partie, de retracer les vertus antiques et les institutions qui résistaient à l'invasion de la corruption naissante. Cicéron, en indiquant la source de ces vertus, en montrant comment elles s'alliaient avec la gloire de sa patrie, ne s'écartait pas du but qu'il s'était proposé, c'est-à-dire de montrer comment l'idéal d'une bonne république avait été réalisé jadis par la constitution romaine. Un vers d'Ennius :

Les mœurs et les héros font la grandeur de Rome.

sert de point de départ à l'auteur pour montrer comment la cité, maîtresse du monde, avait mérité cet honneur souverain, par l'excellence de ses mœurs héréditaires et la trempe énergique de ses citoyens. Maintenant, qu'en reste-t-il? A peine une image, un tableau qui commence à vieillir, parce que non-seulement on a négligé d'en renouveler les couleurs, mais on ne s'est pas même occupé d'en conserver le dessin et les derniers contours.

Les vieux Romains, convaincus qu'il n'y a pas d'œuvre plus royale que la recherche des règles de l'équité (1, 2), avaient, dès le temps des rois, fait passer dans leurs usages l'interprétation du droit positif. Jamais homme privé n'était juge ni arbitre dans aucun débat : tout se terminait par des sentences royales. Numa est le type de ce génie du législateur, qui est un des caractères propres au grand citoyen, dont les interlocuteurs du dialogue cherchent l'image. Or, pour interpréter les lois et pour en faire une application impartiale (3), il n'est pas nécessaire d'en avoir approfondi les sources, ni de s'être embarrassé dans un dédale de consultations, de lectures, de discussions écrites. Il suffit, suivant Scipion, de connaître le droit primitif et général, sans lequel personne ne saurait être juste : non qu'il faille ignorer le droit civil, mais ce n'est qu'une connaissance accessoire comme l'astronomie pour le pilote et les sciences naturelles pour le médecin. Dans les républiques sagement établies (4), les bons ambitionnent la gloire et l'estime, et fuient l'ignominie et le déshonneur. Le sage législateur fortifie cet instinct par l'opinion, le perfectionne par les institutions et par les mœurs, et les citoyens évitent les délits plutôt par la honte que par la crainte. Quant à la vie privée (5), la sainteté du mariage, la naissance légitime des enfants, la protection des dieux Pénates et des dieux Lares autour du foyer domestique, en garantissent l'excellence permanente et la probité exemplaire. Toutefois (6), il appartient au modérateur souverain de l'État de travailler à maintenir la cité dans cette voie honnête et glorieuse, surtout en inspirant à ses concitoyens (7, 8, 9) le sentiment de l'honneur et le désir de s'illustrer par l'activité, le courage et le mépris de la mort.

Sixième livre. — Les fragments ajoutés par la découverte du cardinal Angelo Maï à la partie intacte du sixième livre, ne sont pas assez étendus pour qu'on puisse saisir exactement le fil des idées qui conduit au *Songe de Scipion*. On voit cependant que Cicéron, en rattachant le principe du sentiment religieux à celui de la justice, fait de l'immortalité de l'âme l'un des germes les plus puissants de la vie sociale : idée féconde qui produit un des morceaux les plus saillants que nous ait laissés l'antiquité. Quel caractère auguste et solennel, dit M. Villemain, dans un semblable entretien, prolongé entre les premiers génies de la république romaine, quelques jours avant la mort violente du plus illustre d'entre eux[1]. En cela réside, en effet, la vraie beauté de ce morceau, qui donne la plus haute mesure du génie de Cicéron et de la grandeur de ses idées.

Les questions théoriques et pratiques qui se rattachent au gouvernement sont épuisées; Cicéron se demande, par la bouche de Scipion, quels motifs peuvent animer les hommes qui se consacrent à l'art pénible et difficile de gouverner leur pays. En fait, et sur la terre, c'est le sentiment du devoir, la conscience d'avoir bien agi : pour les sages (1, 2, 3, 4, 5, 6, 7), c'est la plus magnifique récompense de la vertu. Cependant cette vertu divine demande encore d'autres récompenses: et ce ne sont ni des statues attachées à leur base avec du plomb, ni des triomphes dont les lauriers sèchent et se flétrissent; elle aspire à quelque chose de plus solide, à des couronnes plus durables et plus verdoyantes. Lélius demandant quelles sont ces couronnes, Scipion raconte (8, 9) un songe qu'il eut chez son hôte Masinissa, à l'époque où il s'était rendu en Afrique pour prendre part à la troisième guerre punique[2].

1. Sur la mort de Scipion Émilien, on peut voir Plutarque, *Romulus*, chap. 27.
2. L'an 605 de Rome, 149 avant J. C.

Après un repas d'une magnificence royale (10), l'entretien se prolonge fort avant dans la nuit sur les États de Masinissa, sur la république romaine , mais principalement sur le premier Africain. À peine Émilien a-t-il pris congé du vieux roi et s'est-il endormi qu'il voit en songe son aïeul. Il frissonne, mais lui : « Reste calme, Scipion, bannis la crainte et grave mes paroles dans ton souvenir. » L'Africain lui montre alors Carthage (11) et lui annonce qu'il en sera le destructeur, lui prédisant également son triomphe, sa censure, les missions dont il sera chargé, les troubles de Rome, sa fin tragique. A ce moment Lélius jette un cri d'effroi, et les autres interlocuteurs font entendre un gémissement : Scipion, reprenant avec un gracieux sourire, les prie de ne pas le réveiller et d'écouter le reste. L'Africain (12) l'encourage alors en lui montrant l'immortalité réservée à ceux qui ont bien mérité de la patrie, et au même instant Paul Émile apparaît. Scipion, en le voyant, répand un torrent de larmes ; mais son père, l'embrassant avec tendresse, lui défend de pleurer. Paul Émile annonce à son fils, qui aspire à revenir aussitôt vers lui, que l'âme émanée des feux éternels, appelés par les hommes constellations, étoiles, ne doit pas sortir du corps sans l'ordre de Dieu , de peur d'avoir l'air de fuir la tâche que le maître du monde leur a départie. Mais il est un moyen de se rendre digne de l'immortalité , c'est de cultiver la justice et la piété envers les parents et surtout envers la patrie. Alors Scipion voit se dérouler sous ses yeux le splendide spectacle du lieu qu'habitent les âmes délivrées de leur corps. C'est ce cercle lumineux de blancheur, au milieu des flammes du ciel, et que l'on nomme la Voie lactée. Des millions d'étoiles, avec des distances et des grandeurs qu'il n'avait jamais soupçonnées, s'offrent en même temps à ses regards. Il n'est pas un de ces globes qui ne surpasse de beaucoup le volume de la terre. Cette terre lui semble si petite que l'empire romain, qui n'en touche qu'un point à peine, lui fait pitié. Pendant que Scipion (13, 14) considère le globe terrestre avec quelque attention, son aïeul, reprenant, le gourmande de tenir son âme attachée à la terre. Ne voit-il donc pas au milieu de quels temples il est parvenu? L'Africain lui explique alors le système de l'univers, les neuf planètes, y compris la terre placée au centre et vers laquelle tous les corps gravitent par leur propre poids.

Jeté dans la stupeur par ce spectacle (15, 16, 17, 18 et
suivants jusqu'à 26), Scipion reprend enfin possession de
lui-même et demande à l'Africain quel est le son qui remplit ses oreilles avec tant de puissance et de douceur. C'est
l'harmonie produite par l'impulsion et le mouvement des
sphères, musique céleste et divine que l'oreille de l'homme
est incapable de saisir. Tout plein de ces merveilles, Scipion
ne peut cependant se défendre de reporter quelquefois ses
yeux vers la terre. L'Africain l'engage à ne point con-
templer sans cesse la demeure et la patrie du genre humain :
globe étroit, petit, à peine habité, rempli d'immenses déserts, la terre n'offre aucune espérance de gloire. Elle se
divise en cinq zones, dont deux seulement sont habitables et
n'ont point de communication entre elles. Ainsi la gloire est
restreinte dans de faibles limites et de temps et d'espace.
Et lors même que les races futures s'empresseraient de
transmettre les renommées à leur postérité, les inondations
et les embrasements de la terre, dont le retour est inévitable, ne doivent-ils pas anéantir un jour la gloire humaine ?
De plus, qu'importe d'être nommé dans les discours des
hommes qui naîtront à l'avenir, lorsqu'on ne l'a pas été dans
ceux des hommes qui ont paru les premiers sur la terre ;
générations non moins nombreuses et certainement meilleures que celles qui ont suivi ? Quand il s'agit de gloire, on
parle d'années ; mais la véritable année est celle qui sera révolue quand tous les astres auront repris la position qu'ils
occupaient respectivement à leur point de départ. Or, qui
peut dire combien une telle année renferme de générations
humaines ? Que Scipion élève donc ses regards, et que, mé-
prisant les discours des hommes qui s'éteignent dans l'oubli,
il ne se laisse conduire qu'à la vraie gloire, celle où mène
la vertu. Émilien, enflammé par l'espoir d'un si beau prix,
veut, dès ce moment, travailler avec plus de zèle encore.
Son aïeul l'affermit dans ce généreux dessein. « Courage,
dit-il à son petit-fils, redouble d'efforts ; souviens-toi que,
si ce corps est mortel, toi, tu ne l'es pas. » L'individu est
tout entier dans l'âme et non dans cette enveloppe passagère
et périssable. Il y a plus, l'homme est dieu ; car c'est être
dieu que vivre, sentir, se souvenir, se mouvoir et exercer
sur le corps le même empire, le même pouvoir, la même
impulsion que Dieu sur l'univers. En effet, le mouvement

éternel, c'est l'éternelle vie. Un être qui reçoit le mouvement d'ailleurs doit nécessairement cesser de vivre, quand le mouvement s'arrête, tandis que l'être doué d'un mouvement spontané ne cesse jamais d'être mû, parce qu'il ne saurait s'abandonner lui-même. Allons plus loin; c'est dans cet être mû spontanément que les autres corps trouvent un principe d'impulsion. Or, ce qui est principe n'a point d'origine. Si donc il n'a pas d'origine, il n'a pas non plus de fin. Ainsi le principe du mouvement réside dans l'être qui se meut par lui-même; il ne peut donc ni commencer ni finir. Telle est la nature départie à l'âme. Si parmi tous les êtres, elle seule porte en soi le mouvement, dès lors elle n'a pas pris naissance, dès lors elle est immortelle. Pour la ramener à la demeure des heureux, il faut l'occuper des choses les meilleures; et il n'en est pas de meilleures que les veilles pour le salut de la patrie. L'âme, développée par ce noble travail, s'envolera plus vite vers sa maison natale. Sa course en sera plus libre et plus légère, si, du temps même qu'elle est enfermée dans le corps, elle prend son essor et s'arrache à la matière par la contemplation. L'Africain disparaît, et Scipion se réveille.

§ 3. *Résumé du traité* de la République.

Voilà quel est dans son ensemble et dans ses détails l'ouvrage de Cicéron. L'idée en est simple et facile à saisir. Quelle est la meilleure forme de gouvernement? Pour répondre à cette question, l'auteur du dialogue examine d'abord l'état constitutif des sociétés humaines et la nécessité qui les soumet à une loi de naissance, de développement, de progrès et de continuité. Il résulte de cet examen qu'il y a trois natures de gouvernement : la royauté, l'aristocratie, et l'État populaire. Chacune d'elles a ses avantages et ses inconvénients. On ne doit donc pas s'attacher exclusivement à une forme plutôt qu'à une autre; mais il est permis d'incliner pour une quatrième forme politique, composée de l'essence et de la réunion des trois autres. Quels que soient, d'ailleurs, le principe du gouvernement et la constitution de la cité, il n'y a point d'agrégation sociale qui puisse durer sans la justice et sans le droit, non pas le droit civil et mobile, qui varie suivant les intérêts ou les passions, mais le droit strict et absolu, qui émane d'une justice souveraine indépendante de la force et du nombre, et visible image, ici-bas, de la vérité qui réside en Dieu. Une pareille forme de gouvernement est-elle réalisable ? Oui, puisqu'elle a été réalisée dans la constitution romaine ; et c'est par là que les idées émises par Cicéron sur la nature du bon gouvernement diffèrent de celles que Platon a exposées dans sa République : Rome avant les Gracques, tel est l'idéal politique de Cicéron, et non pas la cité imaginaire du philosophe grec. Le but de Cicéron est donc tout à la fois national et philosophique. D'une part, il cherche à ranimer l'amour des traditions antiques et à conjurer les catastrophes dont Rome est menacée ; de l'autre, en affirmant avec toute l'énergie d'un cœur droit et toute l'autorité d'un génie incomparable qu'il n'y a de gouvernement possible qu'avec une suprême justice, il établit sur une base inébranlable les principes absolus et souverains de tous les gouvernements, soit pour le passé, soit pour les temps à venir. En effet, cette loi du vrai et du juste, cette loi des lois, dont Dieu lui-même est l'auteur et le promulgateur, si on la place une fois en tête du pacte social, il est impossible ensuite de la violer ni même de l'infléchir.

Mais ce n'est pas tout : la loi doit être appliquée par un homme ou par plusieurs hommes. Quel sera le caractère des représentants de la loi ? Comme le créateur des mondes, source éternelle de tout droit, de toute justice, de tout ordre et de tout mouvement, l'homme d'État doit régir la cité par les mêmes lois, avec la même sollicitude, avec la même bonté que Dieu gouverne et protége l'univers. En second lieu, il faut à la loi une sanction, une récompense suprême au suprême effort de quiconque a consacré sa vie à veiller sur les sociétés humaines, en leur appliquant les principes immuables de l'équité. Cette récompense, Cicéron en proclame la certitude et en indique le mode par le récit du songe de Scipion. Ainsi, grâce à un artifice ingénieux dans sa conception première, mais dont la pensée délicate finit par s'élever jusqu'à la sublimité des théories platoniciennes, l'entretien, qui avait débuté par des considérations astronomiques sur l'apparition des deux soleils, se termine par le spectacle merveilleux des sphères supracélestes, où les âmes des grands hommes vont recevoir, comme récompense de leurs nobles travaux et de leur dévouement patriotique, l'immortalité promise à la vertu.   E. T.

TRAITÉ

DE LA RÉPUBLIQUE.

LIVRE PREMIER.

Cicéron, s'étant proposé, à l'exemple de Platon et d'Aristote, de traiter de la République afin de relever, s'il était possible, le patriotisme de ses concitoyens, suppose le récit d'un entretien entre Scipion, le premier Africain, Q. Élius Tubéron, L. Furius Philus, P. Rutilius Rufus, Sp. Mummius, C. Fannius, Q. Mucius Scévola, C. Lélius et M. Manilius. Après quelques paroles échangées sur un phénomène céleste qui venait d'avoir lieu, Lélius essaye de diriger plus spécialement la conversation sur le sujet de la République, et prie Scipion l'Africain de vouloir bien en dire son avis. Celui-ci, ayant consenti, définit l'état social auquel on donne le nom de République, puis il passe en revue les différentes sortes d'États, monarchie, aristocratie, démocratie, et trouve que le meilleur état social est un mélange des trois autres. Pressé par une série de questions de Lélius, qui lui demande quel est celui des trois gouvernements qu'il préfère, Scipion répond que c'est la monarchie, et il indique les raisons de cette préférence. Après quoi, faisant application de ces principes à la République romaine, il dit que c'est, les yeux fixés sur ce modèle, qu'il tâchera d'exposer quelle est la meilleure forme de cité.

I. . . . . . *Sans cet amour de la patrie,* C. Duillius, A. Atilius Régulus, L. Métellus, n'auraient pas affranchi Rome de la terreur de Carthage ; les deux Scipion n'auraient pas éteint dans leur sang l'incendie naissant de la seconde guerre punique, et, quand il éclata plus intense, Quintus Fabius Maximus ne l'aurait point amorti, Marcellus ne l'aurait pas étouffé, et Scipion l'Africain, l'arrachant des portes de la ville, ne l'aurait pas refoulé dans les murailles des ennemis. Marcus Caton, homme nouveau et inconnu, que nous tous, atteints de la même ambition, nous suivons comme un modèle de vie active et de vertu, était libre de jouir, à Tusculum, d'un repos salutaire, dans le voisinage de Rome. Mais cet homme insensé, au dire de ces gens-là, aima mieux, sans y être contraint par aucune nécessité, être ballotté jusqu'à la dernière vieillesse par ces flots et par ces tempêtes que de vivre au sein des délices dans cette tranquillité et parmi ces loisirs. Je ne parle pas de cette foule d'hommes qui ont contribué successivement au salut de la république et dont le souvenir s'éloigne de notre génération : je les passe sous silence, de peur que quelqu'un ne me reproche de l'avoir oublié lui-même ou l'un des siens. Je fais seulement observer que la nature donne au genre humain un besoin si impérieux, un amour si ardent pour la vertu et pour la défense du salut commun, que ce sentiment triomphe de tous les attraits du plaisir et du repos.

II. Or, il n'en est pas de la vertu comme d'un art qu'il suffit de posséder sans le mettre en pratique. Un art, en effet, lors même qu'on ne l'applique pas, peut cependant nous appartenir par la théorie ; mais la vertu est tout entière dans l'usage qu'on en fait, et le plus bel usage de la vertu, c'est le gouvernement de l'État, la mise en œuvre effective et non pas en paroles des choses mêmes dont ces gens-là font retentir leurs écoles. Car les philosophes ne disent rien, j'entends rien de juste et d'honnête, qui n'ait été découvert et appliqué par ceux qui ont donné des lois aux cités. D'où vient, en effet, la piété, la religion? d'où le droit des gens et ce qu'on nomme le droit civil? d'où la justice, la foi, l'équité? d'où la pudeur, la continence, l'horreur de l'infamie, l'ambition de la gloire et de la bonne renommée, le courage dans les peines et dans les dangers? Des hommes qui, après avoir déposé ces germes dans l'éducation, ont fécondé les uns par les mœurs et consacré les autres par les lois [1].

A ce propos, on rapporte que Xénocrate, philosophe remarquable entre tous, interrogé sur l'avantage que ses disciples retiraient de ses leçons, répondit qu'ils apprenaient à faire spontanément ce qu'ils étaient contraints de faire par les lois. Ainsi le citoyen qui contraint tous les autres, par l'autorité et par la sanction pénale de la loi, à des actions que les discours des philosophes ont peine à faire agréer par un petit

1. Cicéron, dans d'autres passages, dit avec plus de raison et suivant les principes de Socrate, de Platon et de Xénophon, que la justice, indépendante de l'homme, se lie intimement à l'éternelle vérité des choses. Dire qu'il n'y a rien de juste et d'injuste que ce qu'ordonnent ou défendent les lois positives, c'est dire, selon la remarque de Montesquieu, que, avant qu'on eût tracé de cercle, tous les rayons n'étaient pas égaux.

1.

nombre, doit être préféré aux docteurs mêmes qui discutent
ces questions. Car est-il un discours assez élégant pour va-
loir un État bien constitué, le droit civil et les mœurs? Pour
ma part, autant

> Ces puissantes cités, faites pour dominer,

comme les appelle Ennius, me semblent supérieures à des
villages et à des châteaux, autant les hommes qui gouvernent ces villes par le conseil et par l'autorité l'emportent, à
mon avis, en véritable sagesse sur ceux qui sont étrangers
à toute affaire publique. Et comme un mouvement instinctif
nous porte à augmenter la richesse du genre humain, que
nos conseils et nos labeurs ont pour but de rendre la vie
humaine plus sûre et plus opulente, et que nous sommes
excités à ce plaisir par un aiguillon même de notre nature,
suivons la route qu'ont toujours tenue les hommes les plus
distingués, n'écoutons pas les voix qui sonnent la retraite
et qui veulent rappeler ceux qui déjà se sont élancés en
avant.

III. A ces raisons, si certaines et si claires, nos contra-
dicteurs opposent, en premier lieu, les travaux à soutenir
pour la défense de l'État : léger obstacle assurément pour un
homme vigilant et actif; considérations à dédaigner, quand
il s'agit, je ne dis pas seulement d'affaires graves, mais de
soins, de devoirs et d'occupations d'un médiocre intérêt. On
y ajoute les périls de la vie, on allègue la crainte de la mort,
honteuse pour les hommes de courage, qui considèrent
ordinairement comme un plus grand malheur de périr
consumé par la nature et par la vieillesse, que d'avoir le
temps de faire à la patrie le sacrifice d'une vie qu'il fallait
toujours rendre à la nature. C'est là surtout que nos adversaires se croient abondants et diserts, quand ils rassemblent
toutes les infortunes des hommes illustres, toutes les injustices dont les ont accablés des cités ingrates. Là se trouvent
ces exemples de l'histoire grecque, Miltiade vainqueur et
triomphateur des Perses, qui, tout saignant encore des blessures reçues en pleine poitrine dans une journée glorieuse,
exhale dans une prison d'Athènes une vie préservée du fer
des ennemis; Thémistocle, proscrit et chassé de sa patrie
délivrée, se réfugiant non dans les ports de la Grèce, qu'a
sauvés sa valeur, mais sur les côtes de la contrée barbare

qu'il avait abattue. Les exemples de la légèreté et de la
cruauté des Athéniens envers leurs plus grands hommes ne
font pas défaut ; et ces exemples, nés et renouvelés chez
eux, ont reflué, dit-on, jusque dans la gravité même de
nos mœurs : on rappelle l'exil de Camille, la disgrâce d'Ahala,
la haine soulevée contre Nasica, le bannissement de Lénas,
la condamnation d'Opimius, la fuite de Métellus, les cruelles
aventures de C. Marius, les meurtres des chefs et les san-
glantes catastrophes de ceux qui ne tardèrent pas à les
suivre. Il n'est pas jusqu'à mon nom qui ne soit prononcé[1] ;
et je crois que, comme on pense devoir à mes conseils et à
mes dangers la conservation de la vie et du repos, on me
plaint avec plus de pitié et plus d'amour. Mais j'ai peine à
dire comment, quand il est des hommes à qui le désir d'apprendre ou de voir fait passer les mers . . . . .

IV . . . . . Lorsque, sortant du consulat, je jurai dans
l'assemblée du peuple romain, qui répéta mon serment, que
j'avais sauvé la République, ce fut une large compensation
de toutes les injustices, des peines et des douleurs. Et même
ma disgrâce fut plus honorable que pénible ; elle eut moins
d'amertume que de gloire ; et je ressentis plus de joie du
regret des bons citoyens que de douleur de la joie des
méchants. Mais s'il en eût été autrement, comme je l'ai dit,
en quoi aurais-je eu à me plaindre ? Il ne me serait arrivé
rien d'imprévu, rien de plus grave que ce que je devais
attendre après de si glorieuses actions. Car quelle avait été
ma conduite ? Je pouvais plus que tout autre profiter largement de mes loisirs, à cause de la variété et de la douceur
des études, au milieu desquelles j'avais vécu dès mon
enfance ; ou bien, s'il survenait quelque désastre général,
subir le malheur commun et non pas une infortune personnelle. Mais je n'hésitai point à courir au-devant des plus
terribles tempêtes et de la foudre même pour sauver mes
concitoyens, et, par mes propres périls, assurer à tous les
autres une pleine sécurité. En effet, la patrie ne nous a pas
fait naître et élevés à la condition de n'espérer de nous
aucun soutien, ou d'être exclusivement la servante de nos
intérêts, de fournir un asile sûr à notre loisir, un lieu tranquille à notre repos ; elle veut avoir, dans son intérêt propre,

____

1. A propos de la conjuration de Catilina.

un droit privilégié sur les plus nombreuses et les meilleures parties de notre âme, de notre esprit, de notre raison, et ne laisser à notre usage privé que la part qui lui est inutile à elle-même.

V. Ces subterfuges, ces excuses que l'on allègue pour jouir plus facilement de l'inaction, ne méritent pas d'être écoutés, quand on vient dire que la République est aux mains d'hommes incapables de tout bien, avec lesquels c'est une honte de se voir comparé, un malheur et un danger d'entrer en lutte, surtout au milieu des agitations de la multitude; que, par conséquent, il n'appartient ni au sage de prendre les rênes, puisqu'il ne pourrait contenir les élans insensés et désordonnés de la foule, ni à l'homme généreux d'aller subir, en combattant contre d'impurs et hideux adversaires, la violence des outrages ou attendre des injures que le sage ne saurait supporter; comme si, pour les hommes vertueux, forts et doués d'une grande âme, il y avait une plus juste cause de s'approcher du gouvernement que la nécessité de ne pas obéir aux méchants et de ne pas les laisser déchirer la République en se condamnant ainsi, malgré leur désir, à ne pouvoir la sauver.

VI. Or, comment enfin approuver cette restriction qui interdit au sage de se charger d'aucune partie de la chose publique, à moins d'y être contraint par le temps et par la nécessité. Comme s'il pouvait survenir pour personne une nécessité plus urgente que celle où nous nous sommes rencontrés? Qu'aurais-je pu faire alors, si je n'avais été consul? et consul, comment aurais-je pu l'être, si je n'avais suivi, dès mon enfance, une carrière, qui, de l'ordre équestre où j'étais né, me fit parvenir à ce suprême honneur? Il est donc impossible de venir en aide à l'État sur-le-champ et quand on veut, quels que soient les périls qui le pressent, si l'on n'est pas en situation de le faire. Et ce qui me paraît le plus étonnant dans les discours des sages, c'est d'entendre les mêmes hommes qui se disent impuissants à gouverner sur une mer paisible, parce qu'ils n'ont point appris ou qu'ils ne se sont jamais préoccupés de savoir, déclarer qu'ils prendront le gouvernail, au moment où les flots sont le plus déchaînés. Ils disent, en effet, hautement, et ils se plaisent à en tirer gloire, qu'ils n'ont jamais songé à apprendre ni à enseigner aucun des moyens qui servent à établir ou à défendre les États; ils regardent cette science comme étrangère aux hommes savants et sages, et seulement permise à ceux qui s'y sont exercés. Mais n'y a-t-il pas inconséquence à promettre son secours à la République alors seulement qu'on y est contraint par la nécessité, et à déclarer, tâche cependant beaucoup plus facile, qu'on ne saurait la gouverner, quand nulle nécessité ne la presse? Pour moi, en supposant qu'il soit vrai que le sage n'a pas coutume de descendre de son plein gré aux soins de l'administration publique, mais que, si les circonstances l'y contraignent, il ne doit point, en définitive, se refuser à ce devoir, je croirai pourtant que le sage ne doit nullement négliger la science des affaires civiles, parce qu'il faut qu'il se ménage toutes les ressources, dont il ignore s'il n'aura pas besoin un jour.

VII. Je suis entré sur ce point dans quelques développements, parce que ce livre-ci est une discussion entreprise et suivie par moi sur le gouvernement de l'État, et que, pour qu'elle ne soit pas vaine, j'ai dû avant tout combattre l'hésitation qui éloigne des affaires publiques. Cependant, s'il en est qui soient touchés de l'autorité des philosophes, je les engage à écouter un instant et avec quelque attention la voix de ceux qui ont le plus de crédit et de gloire auprès des hommes les plus instruits : selon moi, ces hommes, lors même qu'ils n'ont pas personnellement régi l'État, semblent, par le nombre de leurs recherches et de leurs écrits sur la chose publique, avoir exercé quelque fonction civile. Quant à ceux que la Grèce appelle les Sept Sages, je les vois presque tous mêlés au mouvement des affaires. Et de fait, il n'est rien qui rapproche plus la vertu de l'homme de la providence des dieux, que de fonder des États ou de conserver ceux qui déjà sont fondés.

VIII. Cela étant, comme nous avons eu le bonheur, dans notre gestion politique, de faire quelque chose qui fût digne de mémoire et d'avoir une certaine aptitude à expliquer les ressorts de la vie civile, nous possédons à la fois l'autorité que donne la pratique et l'art d'étudier et d'instruire, tandis que, avant nous, les uns, excellents dans la discussion, n'avaient aucune connaissance de la gestion des affaires, les autres, hommes de gestion estimables, étaient inhabiles à discuter. Toutefois nous n'avons pas à établir ici un système nouveau et de notre invention; mais il s'agit de reproduire la discussion des hommes les plus illustres de leur époque et de notre cité, telle que toi et moi, dans notre première jeunesse lorsque nous étions ensemble à Smyrne, nous l'avons entendu exposer plusieurs jours de suite par P. Rutilius Rufus [1], et dans laquelle je crois n'avoir rien omis de tout ce qui touche à ces importantes questions.

IX. P. Scipion l'Africain, le fils de Paul Émile, durant les féries latines, sous le consulat de Tuditanus et d'Aquilius [2], ayant fait le projet de séjourner dans ses jardins, et ses amis les plus intimes lui ayant promis de venir lui rendre, pendant ces jours-là, de fréquentes visites, le matin même des féries, il vit venir à lui, le premier de tous, le fils de sa sœur, Quintus Tubéron [3]. Scipion lui fait bon accueil, et lui adressant amicalement la parole : « Comment, dit-il, toi de si grand matin, Tubéron ? Ces féries t'offraient, ce me semble, une belle occasion de donner carrière à tes goûts littéraires. » Alors Tubéron : « J'ai, dit-il, tout le temps qui me reste à consacrer à mes livres, car ils ne sont jamais occupés ; tandis que c'est une grande affaire de te trouver de loisir, surtout au milieu de ce mouvement de la République. — Aussi, dit Scipion, suis-je plus tranquille de corps que d'esprit. » Et Tubéron : « Il faut cependant que tu donnes aussi du relâche à ton esprit : car nous sommes plusieurs, tout prêts, selon nos visées, et si cela ne te dérange en rien, à perdre avec toi ces heures de loisir. — Très-volontiers de ma part, si nous pouvons y trouver quelque profit dans les leçons de la science. »

X. Alors Tubéron : « Veux-tu, dit-il, puisque tu m'y invites en quelque sorte et que tu m'en donnes l'espérance, que nous voyions d'abord, cher Africain, avant l'arrivée des autres, ce que signifie cette apparition d'un second soleil, dont la nouvelle a été portée au sénat ? Car nombreux et

---

1. Élève de Panétius et sectateur de la philosophie stoïcienne, Rutilius fut un des hommes les plus vertueux de l'ancienne Rome. Il avait été l'ami de Scipion et son compagnon d'armes devant Numance. Il composa une vie de ce grand homme et une histoire de la République, écrite en grec. Exilé à Smyrne, il y termina ses jours.

2. L'an 624 de Rome, 129 avant J. C.

3. Petit-fils de Paul Émile et neveu de Scipion, Tubéron professa avec austérité les principes de la philosophie stoïcienne. Sa contenance impassible aux funérailles de Scipion nuisit à son élévation politique.

sérieux sont ceux qui prétendent avoir vu deux soleils; de sorte qu'il ne s'agit pas de n'y pas croire, mais d'en chercher la raison. » Scipion reprenant : « Que je voudrais, dit-il, avoir ici notre ami Panétius [1], qui, entre autres recherches, se plaît surtout à l'étude des phénomènes célestes ! Pour moi, Tubéron, car, avec toi, je dis franchement ce que je pense, je ne suis point d'accord, sur tous ces sujets, avec notre cher ami, qui, sur des faits que nous pouvons à peine soupçonner par conjecture, affirme si positivement, qu'il a l'air de les voir des yeux et de les toucher absolument de la main. Ce qui fait que je trouve Socrate d'autant plus sage d'avoir laissé là toute curiosité de cette espèce, et d'avoir dit que ces investigations sur la nature sont ou supérieures à la raison humaine ou tout à fait indifférentes à la vie des hommes. » Alors Tubéron : « Je ne sais pas, Africain, d'où vient cette tradition que Socrate a rejeté toute discussion sur ces matières et ne s'est occupé que de recherches sur la vie et sur les mœurs. Quelle autorité plus imposante pouvons-nous avoir, à cet égard, que celle de Platon, dans les livres duquel Socrate, en maint endroit, discute sur les mœurs, les vertus, le gouvernement et prend soin d'y mêler toujours la puissance des nombres, la géométrie et l'harmonie, suivant le système de Pythagore ? — D'accord, reprit Scipion ; mais je suis certain, Tubéron, que tu as entendu dire que, après la mort de Socrate, Platon se rendit d'abord en Égypte pour étudier, puis en Italie et en Sicile, afin de connaître à fond la doctrine pythagoricienne ; qu'il eut un commerce suivi avec Archytas de Tarente et Timée de Locres ; qu'il mit la main sur les ouvrages de Philolaüs, et que, comme à cette époque et dans ces divers pays le nom de Pythagore était dans tout son éclat, il se livra aux hommes et aux études de cette école. Aussi, dans son affection exclusive pour Socrate, auquel il voulait tout attribuer, il sut unir l'enjouement et la finesse de la conversation socratique à la profondeur, à la gravité et à la variété des spéculations de Pythagore. »

XI. Scipion parlait encore, lorsqu'il voit tout à coup

1. Philosophe célèbre, né à Rhodes, maître et ami de Scipion. Cicéron lui a emprunté la plus grande partie de son traité des *Devoirs*.

arriver L. Furius[1] : il le salue amicalement, lui prend la main et le fait asseoir sur son lit. Au même moment arrive P. Rutilius, l'auteur loué par nous de cet entretien. Scipion le salue aussi et le prie de s'asseoir auprès de Tubéron. Alors Furius : « Que faites-vous ? dit-il ; notre arrivée a-t-elle coupé court à quelque conversation ? — Nullement, dit l'Africain : car tu as toi-même l'habitude de t'enquérir avec soin des objets que Tubéron s'était mis tout à l'heure à traiter ; et notre ami Rutilius, sous les murs mêmes de Numance, s'occupait quelquefois avec moi de recherches semblables. — Eh bien, reprend Philus, quel était le sujet de la discussion ? » Alors Scipion : « Nous parlions des deux soleils ; or, sur ce point, Philus, je voudrais bien savoir quel est ton sentiment. »

XII. Scipion parlait encore, quand un esclave annonce que Lélius[2] arrive et qu'il est déjà sorti de chez lui. Alors Scipion se chausse et s'habille, quitte sa chambre, et à peine a-t-il fait quelques pas sous le portique, qu'il voit arriver Lélius : il le salue ainsi que ceux qui l'accompagnent, Spurius Mummius, pour lequel il avait une amitié toute particulière ; C. Fannius et Quintus Scévola[3], gendres de Lélius, jeunes gens instruits et déjà dans l'âge de la questure. Quand il les a tous salués, il fait un nouveau tour sous le portique, en donnant à Lélius la place du milieu : car ce fut dans leur amitié une sorte de droit acquis, que, à la guerre, en raison de la gloire éminente de l'Africain, Lélius le révérât comme un dieu, et que, à son tour, dans la vie civile, Scipion, eu égard à la supériorité de l'âge, honorât Lélius comme un père. Après quelques instants d'entretien, en faisant un ou deux tours, Scipion, pour qui leur venue était agréable et charmante, eut envie de les faire asseoir dans l'endroit de la prairie le plus exposé au soleil, vu que c'était encore la saison d'hiver. Ils s'y ren-

---

1. L. Furius Philus, homme grave, éloquent et lettré, l'un des Romains qui contribuèrent le plus à répandre en Italie la civilisation grecque.

2. Ami intime de Scipion. Son nom est inséparable du nom glorieux de ce dernier.

3. Sp. Mummius, frère du vainqueur de Corinthe. — C. Fannius, auteur d'annales louées par Cicéron. — Quintus Scévola, jurisconsulte et personnage consulaire, consul à l'époque de la mort de Tibérius Gracchus.

daient, lorsque survient un homme fort éclairé, également agréable et cher à ce groupe d'amis, M'. Manilius[1]. Scipion et les autres lui font le plus aimable accueil, et Manilius va s'asseoir à côté de Lélius.

XIII. Alors Philus : « Il ne me semble pas, dit-il, que l'arrivée de nos amis doive nous faire chercher un autre sujet d'entretien ; seulement il faut discourir avec plus de soin et dire des choses qui soient dignes de leurs oreilles. — Que disiez-vous donc, reprend Lélius, ou quelle conversation avons-nous interrompue ? — *Philus.* Scipion venait de me demander ce que je pensais de l'apparition constatée des deux soleils. — *Lélius.* Comment, Philus ! Avons-nous déjà si bien approfondi ce qui concerne nos maisons et la République, pour aller chercher ce qui se passe dans le ciel ? — Et toi, répond Philus, crois-tu que nos maisons ne soient pas intéressées à savoir ce qui se fait et ce qui se passe dans cette demeure, qui n'est pas celle qu'enferment ici-bas nos murailles, mais le monde entier, que les dieux nous ont donné pour domicile et pour patrie à partager avec eux ? Or, ignorer cela, c'est ignorer des choses nombreuses et importantes. Pour moi, ainsi que toi, assurément, Lélius, et comme tous ceux qui sont amoureux de la sagesse, l'étude et la spéculation de ces objets me ravissent. » Alors Lélius : « Je ne m'y oppose point, d'autant plus que nous sommes en fête. Mais pouvons-nous en entendre quelque chose ou sommes-nous venus trop tard ? — *Philus.* La discussion n'est pas encore ouverte, et, comme la question est entière, je te cède volontiers la parole, Lélius, pour que tu en dises ton avis. — *Lélius.* Mieux vaut que nous t'écoutions, à moins que Manilius ne juge à propos de régler le litige entre ces deux soleils et ne leur donne à chacun la libre possession du ciel[2]. » Alors Manilius : « Ne cesseras-tu point, Lélius, de te moquer d'une science[3], où d'abord j'excelle et ensuite sans laquelle personne ne saurait distinguer son bien du bien d'autrui ? Mais cela viendra plus tard. Commençons par écouter Philus, que je vois consulté sur des faits plus

1. M'. Manilius, personnage consulaire, auteur d'ouvrages de jurisprudence, amateur éclairé de littérature et de beaux-arts.
2. Terme de droit.
3. La jurisprudence.

graves que tous ceux que l'on me soumet à moi-même ou à
Mucius.

XIV. Alors Philus : «Je ne vous apporterai, dit-il, rien de
neuf, rien de mes pensées ni de mon invention, car voici ce
dont je me souviens. C. Sulpicius Gallus[1], homme très-savant,
comme vous savez, ayant entendu parler de ce même phénomène, et se trouvant chez M. Marcellus, qui avait été consul
avec lui, se fit apporter une sphère que l'aïeul de M. Marcellus
avait autrefois enlevée, à la prise de Syracuse, du milieu
de cette cité si opulente et si richement décorée, sans rapporter dans sa maison aucun autre butin d'une pareille con-
quête. J'avais souvent entendu parler de cette sphère à
cause du renom glorieux d'Archimède : en la voyant, je
n'eus pas grande admiration. Plus belle et plus célèbre était
celle qu'avait faite le même Archimède et que le même
Marcellus avait placée dans le temple de la Vertu. Mais
aussitôt que Gallus eut commencé d'expliquer avec une
haute science le système de cette machine, je jugeai qu'il y
avait eu dans le géomètre sicilien un génie supérieur à ce
que semble comporter la nature humaine. Gallus, en effet,
nous disait que cette autre sphère, solide et pleine, était
une vieille invention, et que le premier modèle en avait
été construit par Thalès de Milet; que, plus tard, Eudoxe
de Cnide, disciple de Platon, y avait tracé les astres attachés à la voûte céleste; et que, de longues années après,
empruntant à Eudoxe toute cette ordonnance et ce dessin,
Aratus les avait rehaussés, non par ses connaissances astronomiques, mais par son intelligence poétique et la beauté de
ses vers. Or, le genre de sphère, où l'on voit représentés
les mouvements du soleil, de la lune et des cinq étoiles,
appelées vagues ou errantes, n'avait pu être réellement le
même que cette sphère solide. Et c'est là ce qu'il y a de
merveilleux dans l'invention d'Archimède : il a imaginé un
système où, malgré les mouvements les plus disparates,
les cours inégaux et variés sont déterminées par une seule
conversion. Quand Gallus faisait mouvoir cette sphère, on
voyait la lune, sur ce globe de cuivre, à l'aide d'une con-

1. Astronome dont parle aussi Pline l'ancien, liv. II, chap. XIX.
— Le phénomène qui préoccupe ici les personnages mis en scène par
Cicéron est appelé *halo* par les astronomes.

version, remplacer le soleil autant de fois qu'elle le remplace dans le ciel par l'intervalle d'un jour ; en sorte que la disparition du soleil avait lieu de la même manière sur la sphère que dans le ciel, et que la lune touchait au point où elle entre dans l'ombre de la terre, quand le soleil émerge . . . . .

XV. . . . . . était, parce que moi-même j'aimais cet homme, d'autant plus que je savais qu'il avait été très-goûté par mon père Paulus, qui le chérissait. Je me rappelle que, étant encore tout jeune, lorsque mon père alors consul se trouvait en Macédoine et que nous étions dans le camp, notre armée fut saisie d'une pieuse terreur, en voyant la lune, pleine et brillante, par une nuit sereine, s'éclipser tout à coup. Gallus, qui était notre lieutenant, l'année même qui précéda celle où il fut nommé consul, n'hésita pas à publier le lendemain dans le camp qu'il n'y avait là aucun prodige, que ce phénomène s'était produit alors et continuerait de se produire à des époques déterminées, chaque fois que le soleil serait placé de manière à ne pouvoir atteindre la lune de sa lumière.—Crois-tu donc, dit Tubéron, qu'il pouvait faire comprendre cette explication à des hommes presque grossiers et osait-il bien parler ainsi à des ignorants ?—*Scipion.* Certainement, et avec une grande . . . . . La prétention ne parut point exorbitante, ni son discours contraire à la dignité d'un si grave personnage. Et de fait, il avait atteint un but important, en dissipant, chez des hommes troublés, une superstition et une crainte chimérique.

XVI. Il s'est passé un fait analogue dans la grande guerre que les Athéniens et les Lacédémoniens se sont faite avec une violente animosité. L'illustre Périclès, le premier personnage de sa ville natale par l'autorité, l'éloquence et le génie politique, voyant les Athéniens en proie à une frayeur excessive, à la suite d'une éclipse de soleil qui avait amené tout à coup d'épaisses ténèbres, enseigna, dit-on, à ses concitoyens ce qu'il avait appris lui-même d'Anaxagore, dont il avait été le disciple, à savoir que ce phénomène se reproduisait à un moment fixe et nécessaire, lorsque la lune se trouvait placée tout entière sous le soleil ; et que, pour cette raison, quoiqu'il n'en fût pas ainsi à toutes les néoménies, ce fait ne pouvait avoir lieu qu'à l'époque de la nouvelle lune. Cette démonstration fondée sur le raisonnement délivra le peuple de ses craintes. Car c'était alors un système nouveau et inconnu, que celui de l'obscurcissement du soleil par l'interposition de la lune, constaté, dit-on, pour la première fois par Thalès de Milet. Mais dans la suite cette notion ne fut pas ignorée même de notre Ennius, qui écrit que, vers l'an 350 de la fondation de Rome, aux nones de juin,

> Le soleil fut caché par la lune et la nuit,

Or, on a maintenant, à cet égard, tant de rectitude et d'habileté dans les calculs, que, à partir du jour consigné, comme nous le voyons dans les vers d'Ennius et dans les Grandes Annales, on a supputé les éclipses antérieures jusqu'à celle qui était arrivée aux nones de quintilis, sous le règne de Romulus : ténèbres qui firent croire que Romulus, arraché à la vie par le sort commun à tous les hommes, avait été ravi au ciel par sa vertu. »

XVII. Alors Tubéron : « Ne crois-tu pas, Africain, que cette science, qui te semblait tout à l'heure de peu de valeur, doit être..... Aux autres de décider. — *Scipion.* Qu'est-ce qui peut paraître grand parmi les hommes à celui qui a pénétré dans ces royaumes des dieux? Qu'y a-t-il de durable pour celui qui connaît ce qui est éternel? de glorieux pour celui qui voit combien la terre est petite, d'abord dans toute son étendue, et puis dans la portion habitée par les hommes; à quelle partie restreinte nous sommes attachés, inconnus à la plupart des autres nations, pour espérer que notre nom vole et se répande au loin. Et les champs, les édifices, les troupeaux, les poids énormes d'or et d'argent, quand on n'a pas l'habitude de les croire et de les appeler des biens, parce que la jouissance en paraît légère, l'usage borné, la propriété incertaine, la possession affectée, dans son immensité, aux derniers des mortels, combien celui-là doit sembler heureux qui, seul, a le droit de revendiquer pour soi tout ce qui existe, non d'après le privilége des Quirites, mais d'après celui des sages, ni en s'autorisant d'un contrat civil, mais de la loi commune de la nature, qui défend qu'une chose appartienne à tout autre qu'à celui qui en a la détention et l'usage, qui voit dans nos commandements et nos consulats non pas des plaisirs désirables, mais des fonctions nécessaires qu'il faut remplir comme des devoirs et souhaiter sans espoir de récompense ni de gloire, et qui enfin peut dire de lui-même le mot que, suivant Caton, mon aïeul l'Africain avait coutume de répéter, qu'il ne faisait jamais plus que quand il ne faisait rien, et qu'il n'était jamais moins seul que dans la solitude ! Qui peut croire, en effet, véritablement que Denys, parvenu, après de longs efforts, à ravir à ses concitoyens leur liberté, ait fait plus que son compatriote Archimède, qui, au moment où il paraissait ne rien faire, construisit cette sphère dont il était question tout à l'heure ? Comment ne pas croire plus seuls ceux qui, sur le Forum ou parmi la foule, ne trouvent personne avec qui ils se plaisent à converser, que ceux qui, sans témoins, ou s'entretiennent avec eux-mêmes, ou sont admis au conseil des hommes les plus sages en se pénétrant du charme de leurs inventions et de leurs écrits ? Peut-on se figurer quelqu'un ou plus riche que celui auquel il ne manque rien de ce que demande la nature, ou plus puissant que celui qui atteint le terme de tous ses vœux, ou plus heureux que celui qui est délivré de tous les troubles de l'âme, ou plus assuré dans son bonheur que celui qui peut, comme l'on dit, emporter avec lui tout ce qu'il possède, même du milieu d'un naufrage ? Quel pouvoir, quelle magistrature, quelle royauté peut être préférable à ce dédain des choses humaines qui met tout au-dessous de la sagesse, et qui, ne roulant dans l'âme que des pensées éternelles et divines, est convaincu que, si le reste a le nom d'homme, ceux-là seulement le sont en effet qui sont polis par les connaissances propres à l'humanité ? C'est ainsi que je trouve exquis le mot de Platon ou de n'importe quel autre philosophe. La tempête et les flots l'ayant jeté sur des terres inconnues, un rivage désert, et ses compagnons étant saisis de crainte à l'aspect de ces lieux inconnus, il aperçut, dit-on, quelques figures de géométrie tracées sur le sable : en les voyant, il s'écria qu'il fallait avoir bon courage, puisqu'il voyait des traces d'hommes. Or, cette conjecture ne lui venait pas de la vue des champs cultivés, mais des indices de la science. Voilà pourquoi, Tubéron, j'ai toujours aimé la science, les hommes savants et vos études. »

XVIII. Alors Lélius : « Je n'ose pas, reprit-il, cher Scipion, répondre à ce que tu viens de dire, et je n'ai pas la prétention d'attaquer ou toi, ou Philus, ou Manilius..... Nous avons eu dans sa famille, du côté de son père, un de nos amis, digne de lui servir de modèle,

Le prudent Élius, au cœur bien situé;

cœur bien situé, en effet, esprit avisé, au dire d'Ennius, non pour avoir cherché ce qu'il n'aurait jamais trouvé, mais parce qu'il faisait des réponses propres à tirer d'embarras et de peine tous ceux qui lui adressaient des demandes ; c'est lui qui, dissertant contre les études de Gallus, avait toujours à la bouche ces paroles d'Achille dans *Iphigénie*[1] :

Le devin cherche au ciel des signes radieux ,
Jupiter, et la Chèvre, et l'Ourse, et mille bêtes,
Qui brillent en roulant au-dessus de nos têtes,
Mais il ne sait pas voir ce qu'il a sous les yeux.

Il disait encore, car je l'écoutais souvent et avec plaisir, que le *Zéthus* de Pacuvius était trop ennemi de la science ; il goûtait davantage le *Néoptolème* d'Ennius[2], qui dit vouloir philosopher, mais à petites doses, car tout à fait il ne le veut pas. Si les études des Grecs ont un si grand charme pour vous, il en est d'autres plus libres, plus expansives, que nous pouvons appliquer à l'usage de la vie et même à la chose publique. Quant aux sciences mêmes, leur mérite, si elles en ont, c'est d'aiguiser et d'irriter, en quelque sorte, l'esprit de l'enfance pour lui faciliter de plus grandes études.

XIX. *Tubéron.* Je suis de ton avis, Lélius, mais je me demande ce que tu appelles de plus grandes études. — *Lélius.* Je vais le dire assurément ; et peut-être m'exposerai-je à tes dédains, puisque c'est toi qui as interrogé Scipion sur les phénomènes célestes, et que, à mon sens, il faut plutôt rechercher ce que nous avons devant les yeux. D'où vient, en effet, que le petit-fils de Paul Émile, le neveu d'un pareil oncle, le rejeton d'une si noble famille, l'enfant d'une si glorieuse république, s'inquiète de l'apparition de deux soleils et ne cherche pas pourquoi nous avons aujourd'hui, dans une seule république, deux sénats et presque deux

1. Ennius paraphrase ici librement les vers qu'Euripide fait prononcer à Achille dans son *Iphigénie en Aulide,* vers 956 et suivants.
2. Le *Zéthus* de Pacuvius et le *Néoptolème* d'Ennius étaient des imitations de tragédies grecques aujourd'hui perdues.

peuples? Car, vous le voyez, la mort de Tibérius Gracchus, et auparavant même tout le système du tribunat a divisé le peuple en deux partis : les détracteurs et les envieux de Scipion, soulevés d'abord par P. Crassus[1] et Appius Claudius, n'en continuent pas moins, depuis la mort de ces deux chefs, à maintenir la moitié du sénat en dissidence contre nous, sous l'influence de Métellus et de P. Mucius; et l'homme qui seul aurait quelque pouvoir, parmi les alliés et les Latins révoltés, les traités rompus et les triumvirs séditieux suscitant chaque jour quelque mouvement nouveau, au milieu de la consternation des bons citoyens et des riches, ils ne souffrent pas qu'il vienne en aide à nos périls! Aussi, jeunes gens, si vous m'en croyez, ne craignons pas ce second soleil : car ou il ne peut exister, ou, s'il existe, comme on l'a vu, il ne peut être funeste; ou bien nous ne pouvons rien savoir de ces phénomènes; ou, lors même que nous les connaîtrions à fond, cette science ne nous rendrait ni meilleurs, ni plus heureux. Au contraire, l'unité du sénat, l'unité du peuple est chose possible, et son absence funeste : or, nous savons que cette unité n'est pas et nous voyons que, si elle était, nous aurions et plus de sagesse et plus de bonheur. »

XX. Alors Mucius : « Que penses-tu donc, Lélius, qu'il nous faille apprendre, pour effectuer ce que tu demandes ? — *Lélius.* Les sciences qui ont pour effet de nous rendre utiles à l'État : car c'est là, selon moi, le plus glorieux bienfait de la sagesse, la preuve la plus éclatante et le plus grand devoir de la vertu. Ainsi, pour employer ces féries aux entretiens les plus profitables à la République, prions Scipion de nous exposer quelle est, à son avis, la meilleure forme de gouvernement; puis, nous passerons à d'autres recherches, et, ces points connus, j'espère que nous arriverons, par cette voie, à l'objet même qui nous occupe et que nous expliquerons la cause des événements qui nous menacent en cet instant. »

XXI. Philus, Manilius et Mummius approuvent fort cette proposition..... Il n'y a pas d'exemple; il faut donc prendre comme modèle la République d'un autre..... Mais

---

1. P. Crassus, qu'il ne faut pas confondre avec le triumvir, fut un des amis et des instigateurs de Tib. Gracchus.

voyons, fais descendre ton discours du ciel à nos régions
terrestres. — *Lélius.* J'ai insisté sur ce point, non-seulement parce qu'il était juste que, quand il s'agit de l'État,
le premier citoyen de l'État parlât de préférence, mais aussi
parce que je me rappelais que tu avais la fréquente habitude
de discuter avec Panétius et devant Polybe, deux Grecs
très-instruits des affaires politiques, et que tu établissais sur
des raisonnements et des exemples l'excellence de la constitution que nous ont laissée nos aïeux. Comme cette discussion te trouve tout prêt, si tu veux bien nous exposer (je
parle ici pour nos amis et pour moi) ce que tu penses au
sujet de la République, tu nous feras plaisir à tous. »

XXII. Alors Scipion : « Je puis dire qu'il n'y a pas de sujet
de méditation auquel je me livre avec plus d'ardeur et de
soin que celui même, Lélius, que tu me proposes de traiter.
En effet, quand je vois dans chaque métier l'artisan, qui y
excelle, ne rêver, ne chercher, ne travailler qu'à conserver
cette supériorité, moi, qui ai reçu de mon père et de mes
ancêtres la mission exclusive de prendre en main la défense et le gouvernement de l'État, ne m'avouerais-je pas
plus indolent qu'un ouvrier vulgaire, si j'accordais au plus
grand des arts moins de soin que celui-ci n'en accorde aux
plus petits? Mais je ne suis pas satisfait de ce que les
hommes les plus éminents et les plus sages de la Grèce nous
ont laissé sur cette question, et je n'ose pourtant pas leur
préférer mes propres idées. Aussi vous prié-je de m'écouter
comme un homme qui n'est ni tout à fait étranger aux théories des Grecs, ni prêt à leur accorder la préférence sur nous
particulièrement en ce genre, mais comme un de ces Romains qui, par les soins d'un père[1], ont reçu dès l'enfance
une éducation libérale avec le goût passionné de savoir, et
dont la science cependant doit plus à l'expérience et aux
préceptes domestiques qu'aux études littéraires. »

XXIII. En ce moment, Philus : « Pour ma part, Scipion,
dit-il, j'affirme sans hésiter qu'il n'y a personne à la hauteur
de ton génie, et que, pour l'expérience des grandes choses en
matière politique, tu l'emportes facilement sur tous ; nous
savons aussi quelles ont toujours été tes études. Et si, comme
tu le dis, tu as également porté ton esprit vers ces idées, vers

1. Paul Émile, qui confia l'éducation de ses fils au Grec Métrodore.

cette sorte de profession, je sais beaucoup de gré à Lélius, car j'espère que tout ce que tu diras sera bien plus fécond que tout ce que les Grecs ont écrit pour nous. » Alors Scipion : « Tu appelles, dit-il, sur mon discours une très-grande attention, et c'est là un bien lourd fardeau pour quiconque doit traiter de vastes questions. — *Philus*. Quelque grande que soit cette attente, tu la surpasseras, suivant ton habitude, et il n'y a pas de danger que, en parlant de la République, la parole te fasse défaut.

XXIV. *Scipion*. Je ferai ce que vous voulez, comme je pourrai, et j'entrerai dans la discussion, à la condition qui me paraît devoir être la règle de tous les sujets que l'on discute, si l'on veut éviter l'erreur : c'est, quand on est d'accord sur le nom du sujet discuté, d'expliquer nettement ce que ce nom signifie ; et, ce point convenu, d'entrer aussitôt en matière. Car jamais on ne comprendra la nature de l'objet sur lequel on discute, si l'on ne comprend d'abord quel il est. Ainsi, cherchant à traiter de la République, voyons d'abord quel est l'objet même que nous cherchons. » Lélius ayant fait un signe d'approbation : « Cependant, reprit l'Africain, je ne discuterai pas sur un objet si clair et si connu en remontant aux premiers éléments, comme le font d'ordinaire les savants dans ces sortes de questions, partant du premier rapprochement des deux sexes pour passer à la famille et à la parenté, puis définissant en de longues phrases et le fait et ses diverses modifications. Comme je parle à des hommes instruits et qui se sont mêlés avec gloire à toutes les affaires militaires et civiles d'une grande république, je me garderai bien de faire que la chose dont je raisonne soit plus claire que mon explication. Car je n'ai pas entrepris de tout suivre en détail comme un maître qui enseigne, et je ne promets pas de n'omettre aucune particularité dans mon discours. » Alors Lélius : « Pour moi, j'attends de toi ce genre même de discussion que tu promets.

XXV. Ainsi la chose publique, dit l'Africain, c'est la chose du peuple ; or, un peuple n'est pas une collection d'hommes agglomérés de n'importe quelle manière, mais la réunion d'une multitude associée par un pacte de justice et une communauté d'intérêts. La première cause pour se réunir n'est pas tant la faiblesse que l'esprit d'association naturel aux hommes : car notre espèce n'est pas soli-

taire et sauvage; elle a de sa nature un instinct qui,
même dans l'abondance de toutes choses..... La fondation des villes est donc attribuée à plusieurs motifs.
Les uns disent que les premiers hommes, nés du sol,
menaient une vie errante au milieu des forêts et des champs,
sans être unis entre eux par aucun lien de parole ou de justice, n'avaient pour lit que des feuilles et de l'herbe, pour
demeures que des cavernes et des antres, et devenaient la
proie des bêtes et des animaux plus forts. Ceux qui s'étaient
soustraits à leurs morsures ou qui avaient vu déchirer leurs
proches, avertis ainsi de leur danger, s'étaient enfuis vers
les autres hommes, leur avaient demandé du secours, en
exprimant d'abord leur désir par des signes de tête, ensuite
en essayant les premiers bégaiements de la parole; puis,
imposant un nom à chaque objet, ils s'étaient fait insensiblement un système de langage. Voyant alors que le nombre
même n'était pas un garantie contre les bêtes sauvages, ils
commencèrent à fortifier des villes, soit pour s'assurer le
repos de la nuit, soit pour se mettre à l'abri des attaques et
des atteintes des bêtes, non plus en combattant, mais en se
tenant derrière des remparts. D'autres ont trouvé ces raisons
absurdes; ils prétendent que la cause des premières sociétés
humaines n'est pas la morsure des bêtes, mais l'humanité
même, et que, par conséquent, les hommes se sont formés
en groupes parce que, de sa nature, l'homme fuit la solitude,
tandis qu'il recherche la réunion et la société..... Qu'est-ce
donc qu'une république? Nous l'avons dit: c'est la chose du
peuple, la chose commune, la chose de la cité. Et qu'est-ce
que la cité? un groupe d'hommes uni par les liens de la concorde. On lit, en effet, chez les philosophes : Bientôt cette
multitude errante et dispersée devint, grâce à la concorde,
une ville, une cité.

XXVI..... Ce sont là comme des germes : car on ne saurait
trouver ni les autres vertus, ni aucune institution de république. Ces réunions, formées par le principe dont j'ai parlé,
ont commencé par établir leur séjour et leur domicile dans un
lieu fixe : elles l'ont ensuite fortifié par l'avantage du site et
par des travaux manuels et donné le nom de place ou de
ville à cet assemblage de maisons, entremêlé de temples et
d'espaces libres, communs à tous. Tout peuple donc, c'est-à-
dire toute réunion de multitude telle que je l'ai exposé, toute

cité ou tout peuple constitué, toute chose publique, autrement dit toute chose du peuple, a besoin, pour durer, d'être régie par une activité intelligente. Or, cette autorité doit toujours être rapportée au premier principe qui a produit la cité. Ensuite, il faut qu'elle soit attribuée ou à un seul, ou à quelques hommes choisis, ou qu'elle soit assumée par la multitude et par tous. Ainsi, quand l'autorité souveraine est aux mains d'un seul, nous appelons cet homme roi, et royauté cet état de la chose publique; quand elle est confiée à des hommes choisis, alors on dit que cette cité est confiée à la direction d'une aristocratie; enfin l'État populaire, suivant le nom qu'on lui donne, est celui où le peuple est tout. Si, dans ces trois formes de gouvernement, le lien subsiste, qui, tout d'abord, a réuni les hommes entre eux par une société faite en vue de l'intérêt public, on a je ne dirai pas un État parfait et excellent, mais tolérable et qui peut être préféré l'un à l'autre. Car un roi juste et sage, des citoyens d'élite placés à la tête des affaires, et le peuple lui-même, quoique le fait soit moins probable, peuvent, sauf quelques injustices et quelques passions jetées à la traverse, constituer un État qui n'a rien d'incertain.

XXVII. Mais, dans une monarchie, le gros des hommes est trop exclu du droit et du conseil commun; sous une domination aristocratique la multitude participe à peine à la liberté, étant privée de toute délibération générale et de tout pouvoir; et quand tout se fait par le peuple, bien qu'il soit juste et modéré, l'égalité même devient une injustice, en ce qu'elle n'admet aucune gradation dans les rangs. Aussi, quoique Cyrus, roi de Perse, ait été un monarque très-juste et très-sage, cependant, à mon avis, cette chose du peuple (car c'est ainsi que j'ai appelé la chose publique) ne me paraît pas avoir été très-désirable, vu qu'elle était régie par la volonté et la décision d'un seul. Si les Marseillais, nos clients, sont gouvernés avec une entière justice par des citoyens d'élite placés à la tête des affaires, il y a toujours dans cette condition d'un peuple quelque apparence de servitude. Si les Athéniens, à de certaines époques, supprimant l'Aréopage, n'agissaient plus que d'après les actes et les décrets du peuple, leur cité, privée de toute gradation dans les rangs, ne possédait plus son plus bel ornement.

XXVIII. Et quand je parle de ces trois formes de gouvernement, je les vois non pas en proie aux troubles et à la confusion, mais gardant leur position fixe. Car d'abord elles ont chacune en soi les défauts que j'ai dit plus haut; puis d'autres défauts encore qui les conduisent à leur perte. En effet, il n'y a pas une de ces formes de gouvernement qui n'ait sa tendance vers un mal voisin glissant et inclinant à la ruine. Ce roi tolérable, pour lui donner le nom qui lui convient, ou, si vous voulez, cet aimable Cyrus, peut avoir comme successeur un homme dont l'âme tourne à la licence, un cruel Phalaris, à la ressemblance duquel le pouvoir d'un seul se laisse entraîner par une pente douce et facile. L'oligarchie des Marseillais placés à la tête de la cité n'est pas éloignée du complot et de la faction des Trente chez les Athéniens[1]. Et les Athéniens, eux-mêmes, pour ne pas chercher d'autres exemples, abandonnant tout pouvoir au peuple, ont été en proie au fléau d'une multitude furieuse et sans frein.

XXIX..... Le pire état de choses est celui où se confondent l'aristocratie ou l'oligarchie factieuse, le pouvoir royal ou souvent même l'État populaire; et il arrive parfois que cette confusion fait éclore aussi une sorte de gouvernement où l'on retrouve les éléments dont nous avons parlé. Car il y a dans les affaires publiques des cercles merveilleux, des phases successives de changements et de vicissitudes. Or, il appartient au sage de les connaître; mais en prévoir les retours, en modérer le cours et les tenir en son pouvoir dans l'administration civile, c'est l'œuvre d'un grand citoyen, d'un homme presque divin. Aussi je suis d'avis qu'il y a comme une quatrième forme de république, digne de notre approbation, et qui consiste en un mélange pondéré des trois premières que j'ai désignées. »

XXX. Alors Lélius : « Je sais que c'est là ta préférence, mon cher Africain; je te l'ai souvent entendu dire; mais cependant, si cela ne t'importune pas, je désirerais savoir quel est, de ces trois modes de gouvernement, celui que tu crois le meilleur; car cela peut servir à nous éclairer. »

XXXI..... « Chaque État porte en lui le caractère que lui impose la nature ou la volonté de celui qui le dirige. Aussi nulle autre société que celle où le peuple exerce la puissance

1. Gouvernement des trente tyrans établi par Lysandre, après la défaite d'Égos-Potamos.

souveraine n'est véritablement le séjour de la liberté, qui est le plus doux des biens, mais qui, sans l'égalité, cesse d'être la liberté. Or, où trouver l'égalité? Ne parlons pas de la monarchie, où l'esclavage n'est ni déguisé ni douteux. Mais est-elle dans les cités où tous les hommes ne sont libres que de nom? Et de fait, ils donnent des suffrages, confient des commandements, des magistratures; ils sont circonvenus, sollicités, mais ils donnent des choses qu'il faut donner, lors même qu'ils ne le voudraient pas; des choses qu'ils ne possèdent pas eux-mêmes, et que les autres viennent leur demander. Car ils sont exclus du commandement, du conseil public, du collége des juges, fonctions où pèse l'antiquité de la famille et la richesse. Mais chez un peuple libre comme à Rhodes, à Athènes, il n'est pas de citoyen [qui ne puisse parvenir à tout].

XXXII..... Aussitôt que, chez un peuple, un ou plusieurs citoyens se sont montrés plus riches ou plus puissants, on a vu, disent certains philosophes, les priviléges naître du dédain et de l'orgueil, les lâches et les faibles cédant et pliant sous l'arrogance des riches. Au contraire, si le peuple maintenait son droit, il n'y aurait, selon eux, rien de plus glorieux, de plus libre, de plus prospère, vu qu'il serait maître des lois, des tribunaux, de la guerre, de la paix, des traités, de la vie et de la fortune de chaque citoyen. Ce serait là, pensent-ils, une vraie république, digne d'être appelée la chose du peuple; c'est ainsi que l'on voit parfois une nation passer de la domination des rois ou des patriciens au régime de la liberté et non pas un peuple libre se remettre sous le gouvernement des rois et sous le pouvoir ou la protection des grands. Ils ne croient pas, du reste, que les excès d'un peuple indompté doivent faire repousser absolument cet état de peuple libre; si ce peuple est uni et s'il rapporte tout à son salut et à sa liberté, il n'y a rien de plus immuable, rien de plus solide; or, cette concorde est très-facile dans une république où tous ont le même intérêt, vu que c'est la divergence des intérêts, quand celui de l'un n'est pas celui de l'autre, qui produit les discordes. Aussi, quand les patriciens étaient les maîtres, jamais la République n'avait eu de stabilité. Encore bien moins y en a-t-il dans les monarchies, dont Ennius a dit :

Entre rois point d'accords consacrés par la foi.

Ainsi la loi étant le lien de la société civile, et le principe de la loi étant l'égalité, sur quel droit peut se fonder une société civile, où la condition des citoyens n'est pas égale? Si, en effet, l'égalité ne règle pas les fortunes, si on ne peut pas l'imposer aux esprits, au moins les droits peuvent-ils être égaux entre ceux qui sont citoyens de la même république. Qu'est-ce en définitive que la cité, sinon une société établie sur le droit?....

XXXIII. Quant aux autres formes de gouvernement, nos philosophes ne les jugent pas même dignes du nom dont elles veulent se faire appeler. Comment, en effet, appellerai-je du nom de roi, que l'on donne à Jupiter Très-Bon, un homme avide du commandement, du pouvoir personnel, et dominant sur un peuple opprimé? Pourquoi ne pas le nommer plutôt tyran? Car un tyran peut aussi bien être clément qu'un monarque oppresseur; pour le peuple, il n'importe que de savoir s'il sera l'esclave d'un maître doux ou cruel; quoi qu'il fasse, il faut toujours qu'il soit esclave. A cet égard, comment Lacédémone, au temps même où l'on considérait sa constitution comme supérieure aux autres, pouvait-elle parvenir à avoir des rois justes et bons, puisqu'il lui fallait accepter pour roi l'héritier, quel qu'il fût, du sang royal? Quant aux optimates, peut-on supporter des hommes qui se sont arrogé ce titre, non de l'aveu du peuple, mais par leurs propres suffrages? Où est cet homme qui excelle par la science, les talents, les travaux? J'entends dire.....

XXXIV..... Si cela se fait au hasard, la république s'abîme aussi vite qu'un vaisseau, où l'on appellerait au gouvernail un des passagers tiré au sort. Mais si un peuple est libre, il choisira ceux auxquels il veut se confier, et, s'il veut être assuré de son salut, il choisira les meilleurs; c'est, en effet, du conseil des meilleurs que dépend le salut des États, d'autant que la nature a fait que non-seulement les hommes éminents par leur vertu et leur génie gouvernent les faibles, mais que les faibles veulent obéir aux hommes éminents. Mais, dit-on, l'excellence de cette situation est détruite par les faux jugements de la foule, qui, dans l'ignorance de cette vertu, dont la valeur, bornée à un petit nombre, est jugée et appréciée par un nombre non moins restreint, s'imagine que les hommes chez qui la richesse et l'opulence s'ajoutent à la noblesse, sont aussi les meilleurs. Quand cette erreur du vulgaire met la république aux mains de quelques hommes riches et non pas vertueux, ces chefs s'attachent obstinément au titre de grands, mais, en réalité, ils n'en sont pas dignes. Car les richesses, le nom, la puissance, dépourvus de la sagesse et du conseil nécessaires pour se conduire et pour commander aux autres, sont pleins de déshonneur et d'orgueil insolent; et il n'y a pas de cité dont l'aspect soit plus hideux que celle où les plus riches sont regardés comme les meilleurs. Au contraire, qu'y a-t-il de plus admirable qu'une république gouvernée par la vertu, alors que celui qui commande aux autres n'est lui-même esclave d'aucune passion; que toutes les choses auxquelles il façonne et appelle les citoyens, il les embrasse lui-même, sans imposer au peuple de loi à laquelle il n'obéisse le premier, mais offrant sa propre vie, comme une loi, à ses concitoyens? Si un homme pouvait suffire à tout, il ne serait pas besoin de plusieurs; et si tous pouvaient voir le bien et s'accorder à le faire, personne ne demanderait des chefs élus. La difficulté de l'initiative a fait passer le pouvoir du roi à plusieurs, l'erreur et l'aveuglement des peuples l'a transporté de la multitude à l'oligarchie. De la sorte, entre l'impuissance d'un seul et l'égarement du grand nombre, les optimates ont pris une situation mixte, la plus modérée de toutes; et tandis qu'ils veillent à la chose publique, les peuples se trouvent nécessairement très-heureux, libres de tout soin et de toute préoccupation, s'en étant remis de leur repos à d'autres, qui doivent l'assurer et se bien garder que le peuple ne croie que ses chefs négligent ses intérêts. Quant à l'égalité des droits, que chérissent les peuples libres, elle ne peut se maintenir. En effet, les peuples mêmes, si libres et si indépendants qu'ils soient, accordent beaucoup à un grand nombre, et il y a en eux un rare discernement des rangs et des hommes. De plus, cette prétendue égalité est le comble de l'injustice. Car si on rend le même honneur aux plus hauts et aux plus infimes, qui ne peuvent manquer de se rencontrer dans une masse populaire, l'équité elle-même devient iniquité. Or, c'est un malheur inévitable dans les cités gouvernées par une aristocratie. Tels sont, à peu près, Lélius, avec quelques idées du même genre, les raisonnements sur lesquels se fondent ceux qui louent de préférence cette forme de gouvernement.

XXXV. *Lélius.* Mais toi, Scipion, dit-il, de ces trois gouvernements, quel est celui que tu approuves le plus? — *Scipion.* Tu as raison de me demander celui que j'approuve le plus; car il n'y en a pas un que j'approuve isolément, et je préfère à chacun d'eux un gouvernement formé du mélange de tous. Cependant, s'il fallait en approuver un, purement et simplement, j'approuverais et je louerais avant tout la monarchie. Seulement, dans l'État auquel je donne ce nom se présente d'abord le titre de père attaché à celui de roi, pour le montrer veillant sur ses concitoyens, comme sur des enfants, et s'appliquant bien plus à les conserver qu'à les réduire en servitude; d'où il suit que les pauvres et les faibles d'esprit gagnent à être soutenus par la protection active d'un seul homme très-bon et très-puissant. Viennent alors les optimates, qui prétendent faire mieux la même chose, disant qu'il y a plus de lumières dans plusieurs que dans un seul, et cependant la même équité et la même bonne foi. Enfin voici le peuple qui crie à haute voix qu'il ne veut obéir ni à un seul, ni à plusieurs; qu'il n'y a rien, pour les bêtes mêmes, de plus doux que la liberté, et que les hommes en sont privés, soit qu'ils servent un roi ou des grands. Ainsi les rois nous prennent par l'affection, les grands par les lumières, le peuple par la liberté, en sorte que la comparaison rend difficile le choix auquel on voudrait s'arrêter. — *Lélius.* Je le crois bien, mais il n'est guère possible d'éclairer le reste de la question, si tu laisses ce point à l'état d'ébauche.

XXXVI. *Scipion.* Imitons donc Aratus[1], qui, au début d'un grand sujet, croit qu'il faut commencer par Jupiter. — *Lélius.* Pourquoi Jupiter? Et qu'a de commun notre discours avec l'ouvrage de ce poëte? — *Scipion.* Il nous apprend à commencer tout ce que nous disons en remontant à celui que, d'une voix unanime, les sages nomment tous le seul maître des dieux et des hommes. — Comment? dit Lélius. — *Scipion.* Que peux-tu supposer si ce n'est ce qui frappe les yeux? Si ce sont les chefs des États qui ont établi, pour l'utilité de la vie humaine, la croyance qu'il existe un roi unique dans le ciel, qui, d'un mouvement de tête, comme

1. Le poëme des *Astronomiques* d'Aratus de Soli commençait par Ἐκ Διὸς ἀρχόμεσθα, *ab Jove principium.*

le dit Homère, fait mouvoir tout l'Olympe, et qui est regardé comme le roi et le père de tous les êtres, c'est là une grande autorité; voilà de nombreux témoins, car on peut dire qu'ils sont nombreux, attestant que le consentement unanime des nations, provoqué par les décrets des princes, est qu'il n'y a rien de meilleur qu'un roi, puisqu'elles s'accordent à dire que tous les dieux sont gouvernés par la volonté d'un seul. Que cette croyance repose sur l'erreur des ignorants et que nous ayons appris à la ranger parmi les fables, écoutons cependant ceux qui sont comme les précepteurs des hommes éclairés et qui ont vu pour ainsi dire de leurs yeux ce que nous savons à peine par ouï-dire. — *Lélius.* Quels sont ces hommes ? — *Scipion.* Ceux qui par l'investigation de la nature sont arrivés à croire que ce monde tout entier [est gouverné] par une intelligence [souveraine]. . . . .

[Platon fait l'éloge de la monarchie quand il dit qu'il n'y a qu'un seul Dieu, qui a créé et achevé le monde avec une admirable raison: Aristote, son disciple, avoue qu'il y a une intelligence unique qui préside au mouvement de l'univers; Antisthène dit qu'il y a un Dieu, maître de la nature dont il gouverne l'ensemble. Il serait long d'énumérer tout ce qu'ont dit d'un Dieu souverain Thalès, Pythagore, Anaximène, puis les stoïciens Cléanthe, Chrysippe, Zénon, tous affirmant que le monde est dirigé par un seul Dieu. Hermès, qui sa vertu et ses vastes connaissances ont mérité le nom e Trismégiste, qui précède tous les philosophes par l'antiuité de ses doctrines, et qui est honoré comme un dieu chez s Égyptiens, donne une haute idée de la majesté de Dieu u'il comble de ses louanges en l'appelant père et seigneur.]

XXXVII. Mais si tu veux, Lélius, je te citerai des autorités qui ne sont ni trop antiques, ni pas du tout barbares. — *Lélius.* J'y consens. — *Scipion.* Ne remarques-tu pas qu'il s'est écoulé un peu moins de quatre cents ans depuis que cette ville n'a plus de roi ? — *Lélius.* Un peu moins, en effet. — *Scipion.* Eh bien ! que sont quatre cents années pour l'âge d'une ville, d'une cité ? Est-ce une longue durée ? — *Lélius.* C'est à peine l'âge adulte. — *Scipion.* Ainsi, remontons à quatre cents ans, et il y avait un roi à Rome. — *Lélius.* Et un roi superbe ! — *Scipion.* Et avant lui ? — *Lélius.* Un roi très-juste, et ainsi de suite jusqu'à Romulus, qui était roi il y a six cents ans. — *Scipion.* Ainsi, lui-même n'est pas

2.

très-ancien? — *Lélius*. Nullement, la Grèce déjà commençait presque à vieillir. — *Scipion*. Mais, dis-moi, Romulus fut-il roi d'un peuple barbare? — *Lélius*. Si, comme le disent les Grecs, tout le monde est grec ou barbare, je crains qu'il n'ait été roi de barbares; mais si l'on applique ce nom aux mœurs et non pas au langage, je ne crois pas les Grecs moins barbares que les Romains. — *Scipion*. Du reste, dans la question que nous traitons, nous ne cherchons pas un peuple, mais des esprits; car si des hommes raisonnables et d'une époque peu ancienne ont voulu avoir des rois, je m'appuie sur des témoins qui ne sont ni trop antiques, ni grossiers, ni sauvages.

XXXVIII. *Lélius*. Je te vois, Scipion, bien muni de témoignages; mais auprès de moi comme de tout bon juge, les preuves valent mieux que les témoins. — *Scipion*. Fais donc usage, Lélius, d'une preuve tirée de ta propre raison. — *Lélius*. Comment! de ma raison? — *Scipion*. Par exemple quand tu te sens irrité contre quelqu'un. — *Lélius*. Cela m'arrive plus souvent que je ne voudrais. — *Scipion*. Eh bien! lorsque tu es irrité, laisses-tu la colère dominer sur ton âme? — *Lélius*. Non, par Hercule; mais j'imite cet Archytas de Tarente, qui, arrivant à sa villa et trouvant tout autrement qu'il l'avait ordonné : « Malheureux! dit-il à son métayer, je t'aurais déjà tué de coups, si je n'étais en colère. » — *Scipion*. Très-bien! Ainsi, Archytas regardait la colère comme une aberration de la raison, une espèce de sédition de l'âme, et il voulait l'apaiser par la réflexion. Joins-y la cupidité, et puis le désir du commandement, celui de la gloire, ajoutes-y les passions voluptueuses et tu verras que dans l'esprit de l'homme il se forme un pouvoir royal, fondé sur l'autorité d'un seul, je veux dire la raison, qui est la meilleure part de notre âme; or, où la raison domine, il n'y a plus de place pour les passions, la colère, l'emportement. — *Lélius*. C'est cela même. — *Scipion*. Est-ce que tu approuves une âme ainsi réglée? — *Lélius*. Il n'y a rien que j'approuve plus. — *Scipion*. Ainsi, tu n'approuverais pas que les mauvais désirs, qui sont innombrables, et les passions haineuses chassant la raison, fussent maîtres de l'âme tout entière. — *Lélius*. Je ne verrais rien de plus misérable qu'une pareille âme, qu'un homme ainsi animé. — *Scipion*. Tu veux donc que toutes les parties de l'âme soient soumises à un pouvoir monarchique et gouvernées par la raison? — *Lélius.* C'est mon avis. — *Scipion.* Comment donc alors hésites-tu dans ton opinion sur les États, où, si les affaires sont aux mains de plusieurs, on peut conclure qu'il n'y aura pas d'autorité qui commande? Car si le pouvoir n'est pas un, il n'existe pas de pouvoir.

XXXIX. *Lélius.* Mais dis-moi, je t'en prie, qu'importe que ce soit un ou plusieurs, si la justice est aussi dans la pluralité? — *Scipion.* Comme j'ai compris, Lélius, que mes autorités ne font pas beaucoup d'impression sur toi, je continuerai de te prendre toi-même pour témoin, afin de prouver ce que je dis. — *Lélius.* Moi! et comment? — *Scipion.* J'ai remarqué dernièrement, lorsque nous étions à Formies, que tu ordonnais absolument à tes esclaves de n'obéir qu'à une seule personne. — *Lélius.* Oui, à mon métayer. — *Scipion.* Et à Rome? Y a-t-il plusieurs personnes à la tête de tes affaires? — *Lélius.* Non, il n'y a que moi seul. — *Scipion.* Mais enfin, toute ta maison a-t-elle un autre directeur que toi? — *Lélius.* Nullement, en vérité. — *Scipion.* N'accordes-tu donc pas qu'il en est ainsi dans un État, et que la domination d'un seul y est excellente, si elle est juste? — *Lélius.* J'y suis amené et je suis presque de cet avis.

XL. *Scipion.* Tu en seras bien davantage, Lélius, si, laissant de côté les comparaisons du pilote et du médecin, à qui mieux vaut confier, pourvu qu'ils soient à la hauteur de leur profession, à l'un un vaisseau, à l'autre un malade, j'arrive à des faits plus importants. — *Lélius.* Quels sont-ils? — *Scipion.* Quoi! ne vois-tu pas que le despotisme tyrannique de Tarquin a soulevé la haine du peuple contre le nom de roi? — *Lélius.* Je le vois bien. — *Scipion.* Alors tu vois également ce que je vais avoir à dire dans a suite de mon discours, à savoir que, le peuple après l'expulsion de Tarquin, fut emporté par je ne sais quel merveilleux excès de liberté : alors ce furent des innocents envoyés en exil, les biens d'un grand nombre pillés, les consuls annuels, les faisceaux abaissés devant le peuple, alors le droit d'appel étendu à toutes choses, alors la retraite des plébéiens, alors enfin la gestion des affaires remise presque tout entière aux mains du peuple. — *Lélius.* C'est comme tu le dis. — *Scipion.* Et cela encore dans la paix et le repos; car on peut se donner quelque licence, quand on ne craint rien, comme

quand on navigue sans danger ou dans une maladie légère.
Mais de même que le navigateur, lorsque tout à coup la mer
se soulève, et le malade, lorsque le mal vient à s'aggraver,
implorent le secours d'un seul, ainsi votre peuple, en paix
et dans ses foyers, commande, menace ses magistrats, les
récuse, les dénonce, les provoque, mais en temps de guerre
leur obéit comme à un roi. Et de fait, le salut l'emporte sur
la passion. Il y a plus : dans les guerres importantes, nos
Romains ont voulu que tout le commandement fût placé,
sans collègue, entre les mains d'un seul, dont le nom même
indique l'étendue de sa puissance. Car on l'appelle dictateur,
du verbe dire; et dans nos livres mêmes, Lélius, tu le vois
appelé maître du peuple. — *Lélius.* Je le vois. — *Scipion.*
Nos ancêtres agissaient donc sagement. . . . .

XLI. . . . . Quand le peuple a été privé d'un roi juste,

> Ces cœurs durs sont en proie à de pieux regrets,

a dit Ennius en parlant de la mort d'un bon roi,

> Et l'on entend partout des plaintes gémissantes :
> Romulus, Romulus, nous fuis-tu pour jamais,
> Toi, le divin gardien de nos maisons naissantes ?
> O père, ó souverain, ô fils aimé des dieux !

Ils n'appelaient point maîtres, ni seigneurs, ceux auxquels
ils obéissaient suivant la loi : ils ne leur donnaient pas même
le nom de rois, mais ceux de gardiens de la patrie, de pères
et de dieux. Et ils avaient raison. Qu'ajoutent-ils, en effet ?

> Tu nous as fait entrer dans les champs de la vie.

Ils croyaient que la vie, l'honneur, la gloire étaient un don
de la justice du roi. La même volonté se serait maintenue
dans leurs descendants, si la royauté s'était maintenue semblable; mais tu vois que l'injustice d'un seul fit crouler tout
l'édifice de ce gouvernement. — *Lélius.* Je le vois et je
m'étudie à connaître les phases de ces changements dans
notre république et dans toutes les autres.

XLII. *Scipion.* Évidemment, lorsque j'aurai exposé toute
ma pensée sur la forme de gouvernement que je préfère,
il me faudra parler avec quelque étendue des révolutions

des États, bien qu'il soit assez difficile qu'il y en ait dans la
république dont je parle. Au contraire, la royauté absolue a
en elle une première et inévitable chance de révolution. Dès
qu'un roi a commencé d'être injuste, c'en est fait de cette
forme de gouvernement; le roi devient un tyran, c'est-à-dire
le pire de tous les pouvoirs et le plus voisin du meilleur. Si
les optimates l'ont écrasé, ce qui arrive presque toujours,
l'État prend alors la seconde des trois formes désignées, la
forme quasi royale, autrement dit paternelle, à savoir un
conseil de grands veillant aux intérêts du peuple. Si c'est le
peuple qui, de lui-même, a tué ou chassé le tyran, il est
plus modéré, grâce à ses bons sentiments et à sa sagesse, il
se réjouit de son œuvre accomplie, et il veut maintenir la
république qu'il a lui-même constituée. Mais si jamais le
peuple a fait violence à un roi juste ou l'a dépouillé de son
pouvoir, ou même, ce qui arrive trop souvent, s'il a goûté
du sang des optimates, et prostitué l'État tout entier à ses
caprices, sache bien qu'il n'y a pas de mer ou d'incendie si
terrible dont on ne puisse plus facilement apaiser la fureur
que l'insolence d'une multitude effrénée.

XLIII. Il arrive alors ce qui est éloquemment décrit par
Platon, si je puis toutefois l'exprimer dans notre langue, car
ce n'est pas facile; j'essayerai cependant[1]. Lorsque la gorge
du peuple, dit-il, s'est desséchée par une soif inextinguible
d'indépendance, et que, servi par de mauvais ministres, il a
bu d'une liberté, non pas trempée de modération, mais pure
de tout mélange, alors les magistrats et les grands, s'ils ne
sont complaisants et faciles, et s'ils ne lui versent à flots la
liberté, il les poursuit, les incrimine, les accuse, les appelle
despotes, rois, tyrans. Tu connais, je crois, ce passage.
— *Lélius.* Parfaitement. — *Scipion.* Et ce qui suit : Alors
ceux qui obéissent aux chefs sont tourmentés par le peuple
qui les traite d'esclaves volontaires. Mais ceux qui dans les
magistratures affectent de ressembler aux particuliers, ou
qui, dans la vie privée, font disparaître tout différend entre
le simple particulier et le magistrat, on les comble de louanges, on les écrase d'honneurs, et il devient inévitable que,

1. Platon, *République*, livre VIII. — Il faut lire, du reste, tout
l'ouvrage du philosophe grec : c'est le fond essentiel de l'ouvrage de
Cicéron.

dans une république de cette espèce, la liberté envahisse tout; que la famille soit dépourvue d'une autorité, et que le mal même s'étende jusqu'aux bêtes, que le père craigne le fils, que le fils méprise le père, qu'il n'y ait plus de pudeur, que l'indépendance soit entière; qu'il n'importe d'être citoyen ou étranger; que le maître redoute ses disciples et les flatte, que les disciples dédaignent les maîtres; que les jeunes gens s'arrogent la gravité des vieillards; que les vieillards descendent aux jeux de la jeunesse, pour ne pas lui être odieux et insupportables. Par là, il arrive que les esclaves se conduisent librement, que les femmes ont les mêmes droits que les maris, que les chiens enfin, les chevaux et les ânes sont libres et courent si librement, qu'il faut se retirer de leur passage. Le dernier effet, ajoute Platon, de cette licence excessive, c'est que les âmes des citoyens deviennent si ombrageuses et si susceptibles, que, au moindre essai de vigueur et d'autorité, elles s'indignent et ne peuvent le souffrir; ce qui les amène à mépriser aussi les lois, afin d'être tout à fait sans maître.

XLIV. *Lélius.* Tu viens d'exprimer parfaitement ce qu'a dit Platon. — *Scipion.* Maintenant, pour reprendre la suite de mon discours, de cette extrême licence, prise par eux pour la seule liberté, Platon fait sortir et naître le tyran, comme de sa souche naturelle. Car de même que le pouvoir excessif des grands amène la perte des grands, de même la liberté de ce peuple trop libre l'afflige bientôt de la servitude. Ainsi tout excès soit dans la température, soit dans le sol ou dans le corps humain, fait passer d'un état florissant à un état contraire. Cet effet se produit surtout dans les États. La trop grande liberté aboutit, pour les peuples et pour les individus, à la trop grande servitude; une extrême liberté finit par engendrer un tyran et le plus injuste comme le plus dur esclavage. En effet, du milieu de ce peuple indompté, ou plutôt farouche, on choisit presque toujours, en haine des grands abattus et déchus, un chef audacieux, impur, dont l'insolence s'acharne souvent sur ceux qui ont bien mérité de la patrie et fait largesse au peuple du bien des autres et du sien. Comme la condition privée l'expose aux craintes, on lui donne, on lui continue de pleins pouvoirs, on l'entoure même d'une garde, comme Pisistrate à Athènes; enfin les gens de cette espèce deviennent les tyrans de ceux qui les ont élevés. Si les bons citoyens les écrasent, la cité, comme on le voit souvent, renaît à la vie ; si c'est une faction hardie, elle devient une autre espèce de tyran : révolution qui succède également parfois au beau régime des optimates, lorsque quelque dépravation les a détournés de la voie. Ainsi, le pouvoir est comme une balle que l'on s'arrache, et qui passe des rois aux tyrans, des tyrans aux optimates et au peuple et de ceux-ci aux factions et aux tyrans, sans que jamais le même mode de gouvernement subsiste longtemps.

XLV. Cela étant, la royauté, à mon avis, est de beaucoup préférable aux trois premières formes ; mais à la royauté, je préférerai le gouvernement qui résulte du mélange égal et tempéré des trois meilleures formes de gouvernement. Il me plaît, en effet, que dans une république il existe un principe souverain et royal, qu'une autre partie de l'autorité soit acquise et déléguée aux optimates, et que certaines choses soient réservées au jugement et à la volonté de la multitude. Cette constitution a d'abord un grand caractère d'égalité, condition dont ne peut se passer longtemps un peuple libre, puis une certaine fixité. En effet, les premiers éléments dont nous avons parlé s'altèrent facilement et se changent en leurs contraires : le roi devient despote, les optimates faction, le peuple tourbe et anarchie. Souvent encore ces éléments sont remplacés par d'autres nouveaux. Mais dans cette combinaison de république, qui les unit en doses modérées et en juste mélange, l'altération ne peut arriver sans de grands vices des puissants. Car il n'y a pas de cause de révolution dans un État où chacun est fortement posé à sa place, et ne voit point au-dessous de lui un précipice dans lequel il puisse tomber.

XLVI. Mais je crains, Lélius, et vous, chers et judicieux amis, que, en insistant trop longtemps sur ce sujet, mon discours n'ait l'air de la leçon d'un maître et non de l'entretien d'un ami qui examine les choses avec vous. Aussi vais-je passer à des faits qui vous sont connus, et que nous avons étudiés dès longtemps. Sur ce point je déclare, je suis d'avis et j'affirme que de tous les gouvernements il n'y en a pas, qui, pour la constitution, l'organisation et la discipline puisse être comparé à celui que nos pères avaient reçu de nos aïeux et qu'ils nous ont légué à nous-mêmes. Si vous le voulez bien, et puisqu'il vous plaît de m'entendre dire ce que vous savez, je vous montrerai quel il est et comment il est le meilleur. Ainsi, prenant notre république pour modèle, j'y rapporterai, si je puis, tout le discours que je dois prononcer sur la meilleure forme de gouvernement. S'il m'est possible d'y arriver et d'y atteindre, j'aurai, selon moi, rempli largement la tâche que m'a confiée Lélius.

XLVII. *Lélius.* Dis plutôt la tienne, Scipion, car cette tâche est bien à toi. Qui peut, en effet, mieux que toi parler des institutions de nos ancêtres, lorsque tu es issu d'une si glorieuse famille; ou de la meilleure forme de cité, lorsque l'ayant, ou du moins destiné à l'avoir, il n'est personne qui puisse y briller plus que toi; ou enfin de la prévoyance de nos conseils pour l'avenir, lorsque, délivrant notre ville de ses deux terreurs, tu as pourvu à la sécurité de tous les temps.

Fragments sans place déterminée.

Comme la patrie est la source des plus grands bienfaits, comme elle est notre mère bien avant celle qui nous a donné la vie, nous lui devons plus de reconnaissance qu'à l'auteur de nos jours.]

[Carthage n'avait pas eu tant de puissance durant près de six siècles, sans politique et sans institutions.]

[Tous les raisonnements de ces philosophes, quelque source abondante de science et de vertu qu'ils renferment, si cependant on les compare aux actions et aux œuvres effectives des hommes d'État, paraîtront, je le crains, offrir moins une utilité pour les affaires humaines qu'une distraction pour le loisir.

LIVRE II.

Scipion, s'appuyant sur une pensée de Caton l'ancien, démontre que la constitution politique de Rome a été l'œuvre, non d'un seul génie, mais de plusieurs, et qu'elle s'est affermie, non par un seul âge d'homme, mais durant plusieurs générations et plusieurs siècles. Pour le prouver, il raconte l'histoire de Rome sous les rois, depuis Romulus jusqu'à Tarquin le Superbe, et termine cet exposé par la peinture de la tyrannie. Il oppose ensuite au portrait du tyran celui d'un homme vertueux, sage, éclairé sur les intérêts de sa patrie, et qui est comme le tuteur de la république. Valérius Publicola semble réaliser à ses yeux ce type de l'homme d'État populaire, sur les traces duquel ont marché les sénateurs, les consuls et les dictateurs de l'âge suivant. C'était l'époque où le peuple se contentait d'une modeste part de liberté. Les patriciens la lui ayant ravie, des troubles, quelquefois sanglants, amènent la création des tribuns du peuple, suivie bientôt de celle des décemvirs, qui renouvellent la tyrannie des Tarquins. Cet exposé historique se termine par l'image du véritable homme d'État, que Scipion compare, lorsqu'il gouverne le peuple, au cornac indien ou numide qui conduit un éléphant.

I. Les voyant tous enflammés du désir de l'entendre, Scipion commence ainsi son discours : « Le vieux Caton, vous le savez, était l'objet de mon affection singulière et de ma sincère admiration : soit conseil de mon père naturel et de mon père adoptif, soit goût particulier de ma nature, je me suis attaché à lui dès ma jeunesse, sans pouvoir me rassasier jamais de ses paroles : tant je trouvais en lui une rare expérience des choses publiques, qu'il avait gouvernées si bien et si longtemps dans la paix et dans la guerre, une juste mesure dans son langage, une gravité mêlée d'enjouement, un désir extrême d'apprendre et d'instruire, une vie tout entière conforme à ses discours. Or, il disait souvent que, si le gouvernement de notre cité l'emportait sur celui des autres, c'est que celles-ci n'avaient presque jamais eu que des hommes isolés, qui avaient constitué chacun sa patrie suivant ses lois et ses principes personnels, Minos la Crète, Lycurgue Lacédémone, et dans Athènes, si changeante, Thésée, Dracon, Solon, Clisthène, et tant d'autres ; puis enfin, pour lui remettre du sang aux veines et relever

son abattement, un savant homme, Démétrius de Phalère ;
tandis que nous, notre constitution politique n'a pas été
l'œuvre d'un seul, mais de plusieurs, n'a pas duré la vie
d'un homme, mais s'est consolidée par des siècles et des
générations. Car, ajoutait-il, il n'y a jamais eu de génie si
fort qu'il ne lui échappât quelque chose, et tous les génies
réunis en un seul ne pourraient pas, à une seule époque,
avoir assez de prévoyance pour tout embrasser sans l'usage
et la durée. Ainsi, comme faisait Caton, je remonterai dans
mon discours à l'origine du peuple romain, car j'aime à me
servir de l'expression même de Caton. J'atteindrai plus facilement mon but, en vous montrant notre république naissante,
s'accroissant par degrés, puis adulte, vigoureuse et robuste,
que si je me crée une république idéale, comme Socrate dans
Platon[1]. »

II. Tout le monde ayant approuvé, Scipion reprend : « Quel
commencement d'une institution politique pouvons-nous
avoir qui soit aussi éclatant, aussi connu de tous que la
fondation de cette ville, sortie des mains de Romulus, fils
de Mars? Accordons, en effet, à cette tradition, non-seulement invétérée dans la mémoire des hommes, mais sagement accréditée par nos ancêtres, de considérer ceux qui
ont bien mérité de la communauté de leurs semblables
comme issus d'une race divine et doués eux-mêmes d'un
génie divin. On dit que Romulus, aussitôt après sa naissance et celle de son frère Rémus, fut exposé sur le Tibre
par Amulius, roi d'Albe, qui craignait de voir ébranler sa
puissance : en ce lieu, l'enfant, secouru et allaité par une
bête sauvage, puis recueilli par des pasteurs et nourri dans
la rudesse des travaux champêtres, l'emporta tellement,
dit-on, sur tous les autres, arrivé à l'âge adulte, par les
forces de corps et la fierté de son âme, que tous les habitants
de ces campagnes, où s'élève aujourd'hui Rome, vinrent
d'eux-mêmes lui obéir. S'étant mis à la tête de ces bandes,
pour en venir des fables aux faits, il s'empara violemment
d'Albalonga, ville forte et puissante, et tua le roi Amulius.

1. Il sera fort utile aux lecteurs d'avoir sous les yeux une histoire
romaine, surtout l'ouvrage de Montesquieu, *Grandeur et décadence
des Romains*, et de recourir à Florus ainsi qu'aux biographies de
Plutarque: *Romulus, Numa, Publicola, etc.*

III. Cette gloire acquise, on dit qu'il conçut alors la première idée de fonder une ville régulière et de constituer un État. Le lieu de la ville, condition digne des soins les plus attentifs pour quiconque veut jeter le germe d'une république durable, fut choisi par Romulus avec une incroyable opportunité. En effet, il ne la rapprocha point de la mer, ce qui lui était très-facile avec sa troupe et ses ressources, soit en s'avançant sur le territoire des Rutules et des Aborigènes, soit en fondant sa ville à l'embouchure du Tibre, à l'endroit où, plusieurs années après, le roi Ancus conduisit une colonie. Mais cet homme, avec la prévoyance d'un esprit éminent, comprit et vit que les sites voisins de la mer ne sont pas les plus favorables aux villes, qui sont fondées avec l'espérance de la durée et de la souveraineté : d'abord parce que les villes maritimes sont exposées à des périls non-seulement nombreux, mais encore imprévus. En effet, la terre ferme trahit par de nombreux indices les arrivées attendues des ennemis, et même elle dénonce les invasions soudaines par le fracas et le retentissement de leur approche. Et puis, un ennemi ne peut arriver si vite du côté de la terre que nous ne sachions qu'il vient, qui il est et d'où il vient. Mais une attaque maritime et navale met l'ennemi devant nous, avant qu'on ait pu soupçonner qu'il allait venir ; et, lorsqu'il arrive, rien n'indique qui il est, d'où il vient, ni ce qu'il veut : impossible même de reconnaître et de discerner à aucun signe s'il est ami ou s'il est ennemi.

IV. Il est encore dans les villes maritimes je ne sais quelle corruption, quelle mobilité de mœurs : c'est un mélange de langues et d'habitudes nouvelles ; on y importe non-seulement des marchandises, mais des mœurs étrangères, en sorte qu'il n'y a rien de stable dans les usages nationaux. De plus, ceux qui habitent ces villes ne s'attachent point à leurs foyers ; une espérance, une pensée volage les emporte loin de leur patrie, et lors même qu'ils y demeurent de corps, leur esprit court et voyage à l'aventure. Nulle autre cause, après avoir longtemps miné Carthage et Corinthe, n'a fini par les ruiner un jour, que cette vie errante, cette dispersion des citoyens, à qui la passion du commerce et des courses maritimes faisait abandonner le soin des champs et des armes. La mer fournit encore de dangereux attraits au luxe des villes par les objets qu'on reçoit ou qu'on importe, et l'agrément même du site

offre aux passions un grand nombre de délices somptueuses
ou énervantes. Et ce que j'ai dit de Corinthe, je ne sais pas
si je ne pourrais pas le dire avec raison de toute la Grèce.
Car le Péloponèse même est presque tout entier dans la
mer : excepté les Phliasiens, il n'y a pas un de ces peuples
qui ne touche au littoral, et hors du Péloponèse, les Énianes
seuls, les Doriens et les Dolopes sont éloignés du rivage. Que
dirai-je des îles de la Grèce, qui, entourées d'une ceinture de
flots, ont l'air de nager avec les institutions et les mœurs
de leurs cités? Et ceci, comme je l'ai dit plus haut, ne
regarde que l'ancienne Grèce. Quant aux colonies conduites
par les Grecs en Asie, en Thrace, en Italie, en Sicile, en
Afrique, en est-il une, sauf Magnésie, qui ne soit baignée
dans les flots? On dirait qu'une plage détachée de la Grèce
est venue s'appliquer à ces continents barbares. En effet,
parmi ces barbares eux-mêmes, il n'y en avait point qui
fussent maritimes, excepté les Étrusques et les Phéniciens,
les uns marchands, les autres pirates. Ainsi la cause évi-
dente des maux et des révolutions de la Grèce ce sont les
vices inhérents aux cités maritimes, que j'ai rapidement
indiqués plus haut. Et cependant ces villes mêmes ont un
grand avantage : de toutes les nations on peut aborder à la
ville que vous habitez, et, en retour, tout ce que produit
votre territoire, vous pouvez le porter et l'envoyer par toute
la terre.

V. Comment Romulus put-il donc être mieux inspiré,
pour réunir tous les avantages maritimes et éviter tous les
défauts, qu'en plaçant sa ville sur la rive d'un fleuve égal
et constant et qui se jette dans la mer par une large embouchure, de sorte que la ville peut recevoir par mer tout ce
qui lui manque et renvoyer tout ce dont elle abonde, et
qu'elle a dans le même fleuve un moyen non-seulement de
faire venir par mer tous les produits nécessaires à la vie et à
l'élégance, mais de les recevoir par terre une fois apportés ;
aussi croirais-je que Romulus avait pressenti que cette ville
serait un jour le siége et le centre d'un grand empire ; car
cette immense domination, une ville située sur tout autre
point de l'Italie ne l'eût pas si facilement acquise.

VI. Quant aux fortifications naturelles de Rome, qui est
assez insouciant pour n'en pas avoir dans l'esprit le dessin
et le plan exact? Tels sont d'abord le tracé et la direction

de la muraille, qui, par la sagesse de Romulus et de ses successeurs, touchait de toutes parts à de hautes et rudes collines, que le seul passage ouvert entre le mont Esquilin et le mont Quirinal était fermé par un grand rempart et un vaste fossé, et que la citadelle s'appuyait sur un rocher d'un jet ardu et comme coupé à pic; de sorte que, même dans cette affreuse tempête de l'invasion gauloise, elle se conserva sauve et intacte. Romulus choisit, en outre, un lieu abondant en fontaines, et salubre, au milieu d'une région pestilentielle; il y a là, en effet, des collines, qui, ventilées elles-mêmes, répandent leur ombre sur les vallées.

VII. Tout cela fut achevé avec une extrême rapidité; car Romulus bâtit la ville qu'il nomma Rome de son propre nom, et, pour affermir la cité nouvelle, il conçut un projet, nouveau sans doute et quelque peu grossier, mais digne d'un grand homme et qui voit loin dans l'avenir, afin de fortifier son pouvoir et son peuple. Des jeunes filles sabines, d'une honorable naissance, étaient venues à Rome pour les jeux Consuales, dont il faisait célébrer le premier anniversaire dans le Cirque; il les fit enlever et donner en mariage aux hommes des plus nobles familles. Ce rapt ayant appelé sur Rome les armes des Sabins et provoqué un combat indécis et d'une issue douteuse, Romulus fait un traité avec T. Tatius, roi des Sabins, à la prière même des femmes qui avaient été enlevées. Par cette alliance, il admit les Sabins dans la cité naissante, reçut communication de leurs cérémonies, et associa leur roi à son pouvoir royal.

VIII. Après la mort de Tatius, l'autorité souveraine lui revint tout entière; seulement, d'accord avec Tatius, il avait choisi, pour former le conseil du roi, des chefs auxquels l'affection publique donna le nom de pères : quant au peuple, il l'avait partagé en trois tribus désignées par le nom de Tatius, le sien et celui de Lucumon, compagnon de Romulus, mort dans le combat contre les Sabins, puis en trente curies; auxquelles on donna le nom de celles des jeunes Sabines, qui, après leur enlèvement, étaient devenues les médiatrices de l'alliance et de la paix. Mais, quoique cette organisation eût lieu du vivant de Tatius, lui tué, Romulus régna plus que jamais par l'autorité et les conseils du sénat.

IX. A cet égard, Romulus aperçut et comprit la même

chose que Lycurgue, peu de temps auparavant, avait aperçue à Sparte; c'est que le pouvoir d'un seul et l'autorité royale valent mieux pour gouverner et régir les cités, si l'on peut joindre à cette puissance dominatrice l'influence des meilleurs citoyens. Ainsi, appuyé et remparé, en quelque sorte, du sénat, il fit avec bonheur de nombreuses guerres aux peuples voisins, et, tout en ne rapportant aucun butin dans sa maison, il ne cessa d'enrichir ses sujets. Par un usage que nous maintenons encore aujourd'hui, au grand avantage de la république, Romulus montra la plus entière déférence aux auspices. Car d'abord lui-même, et ce fut là le principe fondamental de la république, ne fonda Rome qu'après avoir consulté le vol des oiseaux, et dans la création de tous les établissements publics, il s'associa, pour l'aider dans les auspices, un augure tiré de chacune des tribus; il répartit le peuple sous la clientèle des grands, mesure dont j'examinerai plus tard la grande utilité. Les amendes se payaient en moutons et en bœufs, vu que la fortune consistait alors en bétail et en biens fonds, d'où viennent les mots *pecuniosi* et *locupletes*[1] qui désignent les riches : Romulus ne contraignait jamais par la violence ni par les supplices.

X. Romulus, après avoir régné trente-sept ans et fondé les deux éminents soutiens de la république, les auspices et le sénat, disparut au milieu d'une soudaine éclipse de soleil et obtint la gloire qu'on le crut transporté parmi les dieux : renommée à laquelle jamais aucun mortel n'a pu atteindre sans l'éclat d'une rare vertu. Et ceci est d'autant plus admirable dans Romulus, que les autres hommes, dont on fit des dieux, furent divinisés à des époques moins éclairées, où la raison humaine était plus portée vers la fiction, et les ignorants plus facilement entraînés à croire. Mais nous voyons que Romulus vivait il y a moins de six cents ans, dans un temps où les lettres et les sciences avaient déjà quelque ancienneté et où l'on avait dépouillé les antiques erreurs d'une société sans culture. En effet, si comme on l'établit par les annales des Grecs, Rome fut fondée la seconde année de la septième olympiade[2], l'existence de Romulus

---

1. *Pecuniosus* de *pecus*, bétail; *locuples*, de *locus*, lieu, terre, biens-fonds, et *plenus*, plein.

2. Rigoureusement la troisième année de la sixième olympiade, l'an 754 avant J. C., selon Varron, le vingtième jour d'avril.

coïncide avec le moment où la Grèce était déjà pleine de poëtes et de musiciens, avec l'époque où l'on ne croyait plus qu'aux légendes qui remontaient à une haute antiquité. Ce fut, en effet, cent huit ans après la promulgation des lois de Lycurgue que l'on établit la première olympiade, qu'une erreur de nom a fait croire instituée par le même Lycurgue[1]. D'un autre côté ceux qui calculent au plus bas mot placent Homère trente ans avant Lycurgue.

[D'où l'on peut conclure qu'Homère vécut bien longtemps avant Romulus, en sorte que l'instruction des hommes et les lumières mêmes de cette époque laissaient peu de prise à la fiction. L'antiquité, en effet, a reçu des fables parfois même assez grossières; mais cette génération, déjà cultivée, a dû repousser, en s'en moquant, tout fait impossible. . . .]

Sa fille lui donna un petit-fils du même nom que lui, suivant quelques historiens, et il mourut cette même année. Simonide naquit à l'époque de la cinquante-sixième olympiade. Ce qui fait mieux comprendre pourquoi l'on crut à l'apothéose de Romulus, en un temps où la société, déjà vieille, était versée dans la pratique et dans la connaissance des choses, c'est qu'il avait en lui une force de génie et de vertu si puissante, que l'on ajouta foi aux paroles de Julius Proculus, homme des plus simples, lorsqu'il raconta de Romulus ce que, depuis plusieurs siècles, l'on n'avait pas voulu croire d'aucun autre mortel. A l'instigation des sénateurs, qui voulaient se soustraire à l'odieux de la mort de Romulus, Proculus vint dire dans l'assemblée du peuple qu'il avait vu Romulus sur la colline, qui s'appelle maintenant le Quirinal, et qu'il en avait reçu l'ordre de prier le peuple de lui bâtir un temple sur cette colline, vu qu'il était dieu et qu'il s'appelait Quirinus.

XI. Ne voyez-vous donc pas que le génie de cet homme ne se borna pas à donner naissance à un peuple nouveau, pour le laisser ensuite vagir dans ses langes, mais pour le conduire à la jeunesse et, en quelque sorte, à la puberté? Alors Lélius : Nous le voyons, et nous voyons aussi que tu as donné à la discussion un nouveau tour, qui ne se trouve nulle part dans les livres des Grecs. Car le premier maître,

1. L'établissement de la première olympiade, signalée par la victoire de Corœbus, est fixé d'ordinaire à l'an 776 avant J. C.

dont personne n'a surpassé les écrits, s'est donné à lui-même l'emplacement sur lequel il a bâti sa cité arbitraire, belle sans doute, j'en conviens, mais étrangère à la vie et aux mœurs de l'humanité. Les autres, sans avoir un type déterminé ni un modèle de république, ont disserté sur les espèces et les formes de gouvernement. Toi, tu me sembles vouloir faire les deux choses; dans la marche que tu as suivie, tu aimes mieux attribuer à d'autres ce que tu as découvert que d'inventer toi-même, comme Socrate dans Platon : en parlant du site de Rome, tu rapportes à un plan ce qui pour Romulus fut l'effet du hasard et de la nécessité, et tu discutes sans laisser aller ton discours à l'aventure, mais en le concentrant sur une seule république. Continue donc comme tu as commencé : il me semble entrevoir que tu vas poursuivre l'examen des autres rois et de notre république considérée comme parfaite.

XII. Le sénat de Romulus, dit Scipion, composé des optimates, à qui le roi avait accordé un pouvoir si grand qu'il voulut qu'ils fussent appelés pères et leurs fils patriciens, tenta, après la mort de Romulus, de gouverner sans roi la république; le peuple ne le souffrit pas, et, regrettant Romulus, il ne cessa de réclamer un roi. Les grands alors imaginèrent prudemment une forme nouvelle, inouïe chez les autres nations, c'est-à-dire un interrègne; de sorte que, en attendant l'élection définitive d'un roi, la cité ne fût ni sans roi, ni trop longtemps soumise au même roi, ni exposée à ce que quelqu'un, par l'exercice prolongé du pouvoir, devînt lent à le déposer ou fort pour le retenir. En ce temps donc, ce peuple nouveau comprit une chose que n'avait pas vue le Lacédémonien Lycurgue, qui n'avait pas jugé que le roi dût être électif, si toutefois la question dépendit de Lycurgue, mais avait décidé de le prendre, quel qu'il fût, parmi les descendants d'Hercule. Nos Romains, tout rudes qu'ils étaient, virent bien qu'il fallait chercher une sagesse et une vertu, mais non pas une lignée royale.

XIII. Ces qualités étant attribuées par la renommée à Numa Pompilius, le peuple laissa de côté ses propres concitoyens, et, sur l'avis des sénateurs, appela lui-même un roi d'origine étrangère et fit venir de Cures, pour régner à Rome, un homme sabin. Dès son arrivée, Numa, quoique nommé roi dans les comices curiates, fit rendre une loi curiate sur la validité de son pouvoir, et voyant que les institutions de Romulus avaient enflammé les Romains de la passion de la guerre, il jugea qu'il fallait les détourner peu à peu de cette habitude.

XIV. Et d'abord, il divise par tête, entre les citoyens, les terres que Romulus avait conquises; il leur fait comprendre que, sans recourir à la dévastation et au butin, ils peuvent, en cultivant les champs, se procurer abondamment tous les avantages, et leur inspire l'amour des loisirs et de la paix, à la faveur desquels fleurissent la justice et la bonne foi, et dont la protection garantit les travaux des champs et la récolte des moissons. Le même Pompilius, après avoir créé deux grands auspices, ajoute deux augures au nombre ancien : il confie la présidence des sacrifices à cinq pontifes et, au moyen de lois, que nous conservons dans nos monuments, il adoucit par les cérémonies de la religion ces âmes toutes chaudes du désir et de l'usage des combats, établit, en outre, les flamines, les saliens, les vierges Vestales, et règle saintement toutes les parties du culte. Dans l'ordonnance des sacrifices, il voulut que le rite fût très-compliqué et l'offrande très-simple. En effet, il institua beaucoup de formes qu'il fallait connaître et observer, mais sans dépense. Ainsi, dans les pratiques religieuses il exigea le soin et dispensa des frais : il mit aussi le premier en usage les marchés, les jeux et toutes les occasions de réunions et de grandes assemblées. Par ces établissements il ramena vers la douceur et la bienveillance les esprits que la passion de la guerre avait rendus violents et farouches. Ayant ainsi régné, au milieu de la paix et de la concorde, pendant trente-neuf ans (car nous suivrons ici de préférence notre Polybe, dont l'exactitude chronologique n'a été surpassée par aucun autre historien), Numa sortit de la vie, après avoir affermi les deux soutiens les plus glorieux de la durée de la république, la religion et la clémence.

XV. Quand Scipion eut achevé ces mots : Faut-il regarder comme vraie, Africain, dit Manilius, la tradition qui suppose que ce roi Numa fut disciple de Pythagore ou du moins qu'il fut pythagoricien? Car nous l'avons souvent entendu dire à des vieillards, et nous savons que le vulgaire le croit ainsi; mais nous ne voyons pas ce fait suffisamment attesté par l'autorité des annales publiques. » Alors Scipion : « Cela est

faux, Manilius, faux de tout point, et non-seulement faux,
mais d'une invention ignorante et absurde ; car il ne faut pas
tolérer dans une fiction des faits qui non-seulement n'ont
pas eu lieu, mais que nous voyons absolument impossibles.
En effet, c'est la quatrième année du règne de Lucius Tarquin le Superbe que Pythagore vint à Sybaris, à Crotone et
dans cette partie de l'Italie. La soixante-douzième olympiade est la date commune assignée à l'avénement de Tarquin le Superbe et au voyage de Pythagore. Il suit de là,
en calculant les années des règnes, que cent quarante ans
environ s'étaient écoulés depuis la mort de Numa, lorsque
Pythagore aborda pour la première fois en Italie : pas un
de ceux qui ont étudié soigneusement les annales de ce
temps n'élève un doute sur ce point. — Dieux immortels ! dit
Manilius, quelle est l'erreur commune à ce sujet, et combien
invétérée ! Toutefois j'accorde aisément que notre éducation
ne s'est pas faite par des notions d'outre-mer et d'importa-
tion étrangère, mais par des vertus nationales et domestiques.

XVI. Tu le verras plus parfaitement encore, dit l'Africain,
si tu observes la marche progressive de notre république,
qui s'avance vers un état parfait, en suivant une route naturelle et un cours régulier. En cela aussi tu loueras la sagesse
de nos aïeux, quand tu remarqueras qu'un grand nombre
de choses empruntées d'ailleurs sont devenues chez nous
meilleures qu'à l'endroit d'où on les a transportées et qu'elles
ne l'étaient tout d'abord, et tu comprendras que le peuple
romain s'est agrandi non par le hasard, mais par une prudence et une discipline servies, il est vrai, par une heureuse
fortune.

XVII. Après la mort du roi Pompilius, le peuple, sur la
rogation de l'interroi, créa roi Tullus Hostilius dans les
comices curiates ; et celui-ci, à l'exemple de Pompilius,
consulta le peuple par curies sur la légitimité de son pouvoir ;
sa gloire brilla dans les armes, et il fit de grandes choses à
la guerre. Il construisit aussi et entoura des dépouilles conquises le comitium et la curie, il établit des formes légales
pour les déclarations de guerre, en sanctionnant par l'intervention religieuse des féciaux ce que la justice lui avait fait
inventer, de sorte que toute guerre, qui n'était pas annoncée et déclarée, devait être réputée injuste et impie. Et

remarquez bien avec quelle sagesse nos rois ont compris dès lors qu'il fallait faire au peuple quelques concessions : car nous aurons beaucoup à dire sur ce point. Tullus n'osa pas même se revêtir des insignes royaux sans l'ordre du peuple ; le droit de se faire précéder de douze licteurs avec leurs faisceaux......

[Et puis on ne crut pas que ce roi eût été reçu au nombre des dieux de la même mort que Romulus, parce que, sans doute, les Romains ne voulurent pas que ce qui avait été accueilli comme vrai pour leur premier roi devînt vulgaire, si on l'accordait facilement à un autre.]

XVIII. .... Non, elle ne se traîne pas, elle vole vers un état parfait la république, dont ton discours nous retrace le progrès.—*Scipion.* Après Tullus, un petit-fils de Numa Pompilius, issu de la fille de celui-ci, Ancus Marcius est élu roi par le peuple ; il fait valider aussi son élection par une loi curiate. Après avoir vaincu les Latins à la guerre, il les admet au droit de cité. Il joint à la ville le mont Aventin et le mont Célius ; distribue les terres labourables qu'il avait prises, réunit au domaine public les forêts voisines de la mer qu'il avait conquises, bâtit une ville à l'embouchure du Tibre, la peuple d'une colonie, et meurt après un règne de vingt-trois ans. » Alors Lélius : « Il faut louer ce roi, dit-il ; mais l'histoire romaine est obscure, puisque nous connaissons la mère de ce roi, et que nous ignorons quel est son père.— *Scipion.* C'est vrai, mais à cette époque il n'y a guère d'illustres que les noms des rois.

XIX. Cependant, à ce moment, notre cité paraît devenir plus polie par l'influence d'une civilisation qui se greffe sur elle. De la Grèce coule vers notre ville naissante, je ne dis pas un mince ruisseau, mais un fleuve abondant de sciences et d'arts. On raconte qu'il y avait à Corinthe un certain Démarate, le premier de son pays par la considération, le crédit et la richesse ; ne pouvant supporter Cypselus, tyran de Corinthe, il s'enfuit, dit-on, avec d'immenses trésors, et vint à Tarquinies, ville très-florissante de l'Étrurie. Là, ayant appris que la domination de Cypselus ne faisait que s'affermir, il renonça, en homme libre et courageux, à son pays natal, se fit admettre au nombre des citoyens de Tarquinies, et fixa dans cette ville sa demeure et son séjour. Ayant eu deux fils de son mariage avec une femme tarquinienne, il les instruisit dans toutes les sciences que comporte l'éducation des Grecs. . . . .

XX. . . . . [L'un d'eux] fut aisément reçu dans Rome, où sa politesse et son savoir le rendirent cher au roi Ancus, à ce point qu'il passa pour être associé à tous ses projets et presque admis au partage de la puissance royale. On trouvait, d'ailleurs, en lui une grande affabilité, un appui sûr pour tous les citoyens, un secours, une défense, une bonté pleine de largesse. Aussi, Marcius mort, le peuple élut roi, à l'humanité des suffrages, Lucius Tarquin, car il avait modifié son nom grec, afin de paraître imiter en tout les habitudes de son peuple adoptif. Dès qu'il eut fait valider son élection par une loi, il commença par doubler l'ancien nombre des sénateurs ; il appela pères des grandes familles les anciens, qui donnaient les premiers leur avis, et les nouveaux venus pères des petites familles. Il régla ensuite l'ordre équestre sur le plan qui s'est conservé jusqu'à nos jours ; mais il ne put, malgré son désir, changer les dénominations de Titiens, Rhamnenses et Lucères, parce qu'Attus Navius[1], augure très-renommé, l'en dissuada. Je vois que les Corinthiens ont été jadis très-attentifs à entretenir des chevaux et à les affecter au service public par une taxe sur les orphelins et sur les veuves. Mais Tarquin, ajoutant de nouvelles compagnies équestres aux premières, porta le corps des chevaliers à douze cents, et doubla ce nombre après avoir soumis à la guerre les Èques, nation grande, farouche et menaçante pour le peuple romain. Il battit aussi avec sa cavalerie et vainquit les Sabins, repoussés des murs de Rome. Nous savons également qu'il institua le premier les grands jeux que l'on nomme jeux romains, que, dans la guerre contre les Sabins, au milieu même de la bataille, il voua un temple sur le Capitole à Jupiter Très-Bon, Très-Grand, et qu'il mourut après avoir régné trente-huit ans.

XXI. *Lélius*. Maintenant je trouve encore très-juste le mot de Caton que la constitution de la république ne fut l'œuvre ni d'un siècle, ni d'un homme : car on voit nettement

---

1. Ou Nævius, celui que Tite-Live, en racontant cette légende, nous montre coupant une pierre avec un rasoir. Sur les Tatiens ou Titiens, Rhamnenses et Lucères, on peut voir Mommsen, *Histoire romaine*, liv. 1, chap. IV.

quel progrès de choses bonnes et utiles se fait sous chaque roi. Mais nous arrivons à celui qui me paraît avoir eu, parmi tous les autres, les plus grandes vues politiques. — C'est cela même, dit Scipion : après Tarquin, Servius Sulpicius régna, dit-on, le premier sans l'assentiment du peuple. On le croit fils d'une esclave tarquinienne, qui avait eu commerce avec un des clients du roi. Élevé parmi les domestiques du prince et le servant à table, il ne put cacher l'étincelle de génie qui déjà brillait dans l'enfant : tant il mettait de grâce à toutes ses actions et à toutes ses paroles. Aussi, Tarquin, qui n'avait que de très-jeunes enfants, aima Servius d'une affection si vive, que celui-ci passait pour son fils : il l'instruisit avec le plus grand soin dans toutes les sciences qu'il avait apprises lui-même et suivant l'exquise méthode des Grecs. Tarquin ayant péri par les embûches des fils d'Ancus, Servius, comme je l'ai dit, commença de régner sans un ordre des citoyens, mais appuyé sur leur volonté et leur aveu. En effet, le bruit ayant été faussement répandu que Tarquin était seulement malade de sa blessure et qu'il survivrait, Servius se revêtit des ornements royaux pour rendre la justice, soulagea de son argent les débiteurs obérés, et, montrant une extrême affabilité, annonça qu'il rendrait la justice au nom de Tarquin, ayant soin de ne pas se livrer au sénat. Enfin, après les funérailles de Tarquin, il consulta le peuple sur sa situation personnelle, et, autorisé à régner, il fit ratifier sa royauté par une loi curiate. Il réprima d'abord par les armes les injures des Étrusques ; et dès lors avec une grande. . . . . .

XXII. . . . . . Il institua dix-huit centuries de chevaliers du premier degré ; puis, ensuite, ayant créé encore un nombre considérable de chevaliers, distincts de la masse du peuple, il distribua le reste en cinq classes, sépara les plus âgés des plus jeunes, organisa cette division de telle sorte que les suffrages fussent aux mains non de la multitude, mais des riches, et eut soin, chose importante à observer dans le gouvernement, que le plus grand nombre n'eût pas le plus de pouvoir. Si cette répartition était moins connue, je vous l'expliquerais ; mais vous en voyez l'ensemble : les centuries des chevaliers, augmentées de six nouvelles centuries, et la première classe, en y ajoutant une centurie de charpentiers, admis à cause de leur extrême utilité, formaient quatre-vingt-neuf centuries. Réunissez-y seulement huit centuries, prises sur les cent quatre centuries restantes, vous avez la force entière du peuple romain; et la multitude bien plus nombreuse, qui est répartie dans les quatre-vingt-seize dernières centuries, ne se trouve ni éloignée du droit de suffrage, ce qui serait un dédain superbe, ni trop prépondérante, ce qui serait un danger. En cela Servius fut même attentif aux choix des termes et des dénominations; il donna aux riches le nom d'*assidui*[1], parce qu'ils donnaient des as à l'État, et, quant à ceux qui ne possédaient que quinze cents as d'airain ou qui n'apportaient au cens que leur propre personne, il les appela prolétaires[2], pour faire voir que l'État n'attendait d'eux qu'une lignée, une postérité. Dans une des quatre-vingt-seize dernières centuries, il y avait alors un plus grand nombre de citoyens que dans la première classe presque tout entière. Ainsi personne n'était exclu du droit de suffrage, mais ceux-là l'emportaient dans les votes, qui étaient le plus intéressés au bon ordre de la république. Il comprit même dans le cens des prolétaires les huissiers, les joueurs de clairons, les trompettes.....

XXIII. [On doit considérer comme parfaitement constitué l'État qui se compose des trois systèmes, royal, aristocratique et populaire, tempérés sagement et de manière à ne point irriter les âmes farouches et fières.]

[Carthage] était de soixante-quinze ans plus ancienne [que Rome], puisqu'elle fut fondée trente-neuf ans avant la première olympiade[3]. De longues années auparavant Lycurgue, a les mêmes vues[4]. Ainsi cette égalité et ce mélange des trois formes de gouvernement me paraît nous avoir été commun avec ces deux peuples. Mais l'avantage particulier à notre patrie, et auquel rien n'est préférable, je vais l'expliquer avec le plus de netteté qu'il me sera possible, et le montrer tel qu'on ne pourrait en trouver de pareil dans aucune autre république. En effet, les éléments divers dont j'ai parlé furent d'abord mêlés dans la constitution des Carthaginois et des Lacédémoniens, sans aucune

---

1. *Assidui*, de *asses dare*, donner des as.
2. De *proles*, postérité, lignée, famille.
3. La tradition fixe la fondation de Carthage à l'an 880 avant J.-C.
4. On peut voir la biographie de Lycurgue dans Plutarque et le traité de Xénophon sur le *Gouvernement des Lacédémoniens*.

espèce de tempérament; car, dans une cité où quelqu'un est investi d'un pouvoir perpétuel, et surtout d'un pouvoir royal, bien qu'il y ait un sénat, comme à Rome sous les rois et à Lacédémone sous la législation de Lycurgue, ou que le peuple exerce une sorte de juridiction, comme du temps de nos rois, le titre de roi est toujours prépondérant, et il est impossible qu'un État de ce genre ne soit pas un royaume et de fait et de nom. Or, cette forme de gouvernement est on ne peut plus changeante, parce qu'il suffit de la faute d'un seul pour la précipiter dans les extrémités les plus dangereuses. De soi, la royauté n'a rien de répréhensible, et même je ne sais pas si je ne la mettrais pas au-dessus des autres formes simples, dans le cas où je serais pour une forme simple de gouvernement; mais ce ne serait qu'à la condition qu'elle demeurât fidèle à son principe. Or, ce principe c'est que la puissance perpétuelle d'un seul, sa justice et sa sagesse garantissent la sûreté, l'égalité et le repos de tous les citoyens. Beaucoup de choses manquent à un peuple ainsi gouverné par un roi, et d'abord la liberté, qui consiste non pas à dépendre d'un maître juste, mais à n'avoir aucun maître.....

XXIV. ..... Ce maître injuste et cruel [1] eut quelque temps la fortune pour compagne dans ses heureuses entreprises. En effet il subjugua tout le Latium, il prit Suessa Pométia, ville opulente et largement pourvue; et, riche d'un immense butin d'or et d'argent, il acquitta le vœu qu'avait fait son aïeul de bâtir le Capitole : il envoya des colonies, et, fidèle aux usages de ceux dont il descendait, il fit porter à Delphes, au temple d'Apollon, des dons magnifiques, comme offrandes prélevées sur les dépouilles.

XXV. Ici va se dérouler le cercle dont il faut que vous appreniez tout d'abord à reconnaître le mouvement naturel et le circuit. Car le point capital de la science politique, sur laquelle porte tout notre discours, c'est de voir la marche et les détours des choses publiques, afin de savoir de quel côté penche chaque gouvernement et de pouvoir ainsi le retenir et s'opposer à sa chute. Et d'abord le roi, dont je parle, souillé du meurtre d'un excellent prince, n'avait plus l'âme indépendante, et, craignant lui-même le châtiment

---

1. Tarquin le Superbe.

sévère de son crime, il voulut être craint. Ensuite, fort de ses victoires et de ses richesses, il s'enivrait d'insolence, et ne pouvait modérer ni ses penchants, ni les passions des siens. Aussi, son fils aîné ayant fait violence à Lucrèce, fille de Tricipitinus, épouse de Collatin, et cette femme chaste et noble s'étant tuée la nuit même pour laver son outrage, un homme éminent par le génie et par la vertu, Junius Brutus, délivra ses concitoyens du joug injuste d'une odieuse servitude. Homme privé, il prit entre ses mains tout l'État, et enseigna le premier dans Rome qu'il n'y a plus de simple particulier, quand il s'agit de sauver la liberté publique. A sa voix et sous sa conduite, la cité, soulevée par le récent appel du père et des parents de Lucrèce et par le souvenir de la tyrannie de Tarquin et des nombreuses injustices de ce prince et de ses fils, envoie en exil le roi, les enfants et toute la race des Tarquins.

XXVI. Voyez-vous maintenant comment du roi sortit le maître et comment par le crime d'un seul une forme de gouvernement, de bonne qu'elle était, devint détestable? Tel est, en effet, le caractère du despote, que les Grecs nomment tyran : car ils appellent roi celui qui veille sur son peuple comme un père et qui maintient ceux qu'il a mission de gouverner dans la condition de vie la plus heureuse : forme excellente de gouvernement, ai-je dit, mais qui penche et s'incline, en quelque sorte, vers l'État le plus dangereux. En effet, dès qu'un roi dévie vers une domination injuste, il devient aussitôt tyran, et l'on ne peut se figurer un monstre plus affreux, plus hideux, plus haï des dieux et des hommes, et qui, sous la figure humaine, surpasse en cruauté les plus féroces animaux[1]. Car le moyen d'appeler homme un être qui n'admet entre lui et ses concitoyens, entre lui et le genre humain tout entier, aucune communauté de droit, aucun lien de société humaine! Mais nous aurons une occasion plus convenable de traiter de la tyrannie, quand notre sujet même nous avertira de parler de ceux qui, dans une cité déjà libre, ont essayé l'usurpation du pouvoir.

XXVII. Vous avez donc le premier essor du tyran : c'est

1. On peut voir Platon, *République*, livre IX, et Xénophon, *Hiéron*.

le nom que les Grecs ont imposé au roi injuste : chez nous on a donné le nom de rois à tous ceux qui ont exercé sur le peuple un pouvoir exclusif et continu. Ainsi l'on a dit que Spurius Cassius, que M. Manlius, que Spurius Mœlius avaient voulu s'emparer de la royauté, et récemment encore Tibérius Gracchus. . . . .

XXVIII. Lycurgue, à Lacédémone, appela vieillards [1] un conseil, trop peu nombreux sans doute, de vingt-huit membres, auquel il attribua le droit suprême de délibération, tandis que le roi avait le droit suprême de commandement. Chez nous, suivant son exemple et traduisant son expression, l'on a donné le nom de sénat à son conseil de vieillards [2], comme nous avons dit que Romulus l'avait fait pour les pères qu'il avait choisis ; mais, dans ce régime, l'ascendant, le pouvoir et le nom royal ont la prépondérance. Accordez aussi au peuple quelque part de pouvoir, comme Lycurgue et Romulus ; vous ne le rassasierez pas de liberté, mais vous irriterez sa soif d'indépendance en lui permettant seulement d'en goûter. Sur sa tête sera toujours suspendue la crainte qu'il ne s'élève, chose ordinaire, un roi injuste. Elle est donc fragile cette destinée du peuple qui, comme nous l'avons dit, dépend de la volonté ou du caractère d'un seul homme.

XXIX. Ainsi le premier exemple, le modèle et l'origine de la tyrannie se montre à nous dans cette république même, que Romulus avait fondée sous les auspices des dieux, et non dans la cité que, suivant la description de Platon, Socrate s'était figurée dans ses entretiens péripatétiques ; et Tarquin, sans inventer un pouvoir nouveau, mais en usant injustement de celui qu'il avait, renversa tout l'édifice du gouvernement royal. Opposons à ce despote un homme bon et sage, éclairé sur l'intérêt et la dignité de ses concitoyens, et qui soit comme le tuteur et le procurateur de la république ; car c'est le nom qu'on donne à quiconque est le chef et le gouverneur d'une cité. Cet homme, il est aisé de le reconnaître : c'est celui qui par le conseil et par l'action peut protéger l'État. Or, comme le nom de cet homme

1. Γέροντας.
2. La γερουσία de Lycurgue, en effet, se traduit en latin par le mot *senatus*, de *senex*, vieillard.
3.

n'a pas encore figuré dans notre discours, et que nous aurons souvent à en parler dans la suite de cet entretien, [traçons-en le caractère]. . . . .

XXX. . . . . [Platon a supposé le territoire et les habitations de sa république distribués en parties toutàfait égales], constituant une cité plus désirable que possible avec des limites restreintes, et créant non pas un État qui pût être, mais un type sur lequel on étudiât le mécanisme des institutions civiles. Pour moi, si j'y puis atteindre, en usant des mêmes principes dont Platon s'est fait l'idée, je les appliquerai non pas à une ombre et à une image de société, mais à la plus ample des républiques, de manière à paraître marquer du doigt, en quelque sorte, la cause de tout bien et de tout mal civil. Après plus de deux cent quarante-deux années de royauté, en y comprenant les interrègnes, Tarquin banni, le peuple romain conçut pour le nom de roi autant de haine qu'il avait éprouvé de regret à la mort ou plutôt à la disparition de Romulus. Et de même qu'alors il ne pouvait se passer de roi, ainsi, après l'expulsion de Tarquin, il ne pouvait entendre ce même nom de roi. [Il accorda] la faculté. . . . . .

XXXI. [Ainsi la belle constitution établie par Romulus dura près de deux cents ans ferme et solide.]

[Les Romains ne pouvant supporter le pouvoir royal, établirent deux pouvoirs annuels et deux chefs, appelés *consuls* du mot *consulere*[1] et non plus *reges* du mot régner ou *domini* du mot dominer.]

. . . . .Cette loi fut complétement abolie. Dans cette pensée, nos ancêtres bannirent Collatin, malgré son innocence, comme suspect par sa parenté, et les autres Tarquins par haine de leur nom. Dans cette même pensée, P. Valérius fit abaisser, le premier, les faisceaux devant le peuple, en prenant la parole dans l'assemblée, et plus tard il transporta sa maison au pied du Vélia, lorsqu'il s'aperçut que les constructions qu'il avait commencées sur le sommet du Vélia, à l'endroit même où avait habité le roi Tullus, excitaient les soupçons du peuple. Ce fut encore lui, et voilà surtout pourquoi il fut nommé Publicola, qui présenta au

---

1. Mommsen dérive le mot *consul* de *cum salire*, sauter ensemble, être d'accord, être collègue.

peuple la première loi votée dans les comices centuriates,
par laquelle il était défendu à tout magistrat de mettre à
mort ou de frapper le citoyen qui faisait appel. Les livres
des pontifes attestent, il est vrai, que le droit d'appel
existait contre les décisions royales; nos archives augurales
le déclarent aussi, et les Douze Tables indiquent par un
grand nombre de lois que l'on avait droit d'appeler de tout
jugement et de toute condamnation. En outre, le fait historique que les décemvirs qui rédigèrent ces lois furent créés
avec le droit de juger sans appel, montrent assez que les
autres magistrats n'avaient pas joui du même droit. Lucius
Valérius Potitus et M. Horatius Barbatus [1], hommes sagement populaires, dans l'intérêt de la concorde, consacrèrent
par une loi consulaire qu'aucun magistrat créé ne jugerait
sans appel; et les trois lois Porcia, du nom des trois Porcius,
n'ont rien ajouté de nouveau à cette jurisprudence que la
sanction pénale. Ainsi, lorsque Publicola eut promulgué cette
loi sur l'appel, il fit ôter sur-le-champ les haches des faisceaux,
et le lendemain il se subrogea Sp. Lucrétius en qualité de
collègue; puis, comme celui-ci était le plus âgé, il lui envoya ses licteurs, et le premier il établit l'usage que chacun
des consuls, à tour de rôle, serait, pendant un mois, précédé
des licteurs, afin que les insignes du pouvoir chez le peuple
libre ne fussent pas plus nombreux que sous la royauté. Ce
ne fut point, à mon sens, un homme ordinaire que celui qui,
donnant au peuple une liberté modérée, maintint seulement
plus facile l'autorité des grands. Et je ne vous rebats pas en
ce moment, sans raison, de faits si vieux, si surannés; mais
au moyen de personnages illustres et de temps bien connus, j'établis, relativement aux hommes et aux choses,
des modèles sur lesquels je réglerai la suite de mon discours.

XXXII. A cette époque le sénat maintint donc la république dans une situation telle, que, chez un peuple libre,
peu de choses se faisaient par le peuple, presque tout, au
contraire, par l'autorité, les usages et les traditions du sénat
et que les consuls avaient un pouvoir annuel exclusivement
quant à la durée, mais d'une nature et d'une prérogative
royales. Cependant on conservait avec énergie le principe
le plus puissant à maintenir, l'autorité des nobles, à savoir

---

1. Consuls l'an 304 de Rome, 449 avant J. C.

que les comices populaires ne pouvaient être ratifiés sans
l'approbation des sénateurs. C'est vers cette époque, environ dix ans après les premiers consuls, que l'on nomma dictateur T. Larlius[1], et cette nouvelle espèce de pouvoir
parut tout à fait voisine d'une reproduction de la royauté.
Néanmoins tout restait sous l'autorité souveraine des grands,
grâce à l'assentiment du peuple, et dans ces temps-là de
grandes choses furent faites à la guerre par des hommes vail-
lants, investis d'un souverain pouvoir, dictateurs ou consuls.

XXXIII. Mais comme la nature des choses voulait forcé-
ment que le peuple, affranchi des rois, s'arrogeât un peu plus
de pouvoir, dans un intervalle assez court, seize ans après,
sous le consulat de Postumus Cominius et de Sp. Cassius[2],
il atteignit ce but. Peut-être la raison fit-elle défaut à cette
entreprise, mais la nature des affaires publiques l'emporte
souvent sur la raison. Car, retenez bien ce que j'ai dit au
début : s'il n'existe dans un État une juste compensation de
droits, de devoirs et de privilèges, de manière à donner assez
de puissance aux magistrats, assez d'autorité au conseil
des nobles, et au peuple assez de liberté, cette forme
de gouvernement ne peut pas se conserver immuable. Ainsi
la cité ayant été désorganisée par les dettes, le peuple se
retira d'abord sur le mont Sacré et ensuite sur l'Aventin.
La discipline de Lycurgue ne tint non plus les Grecs soumis
au frein ; à Sparte, sous le règne de Théopompe[3], les cinq
magistrats que les Spartiates appellent éphores, et qui sont
comme les dix appelés en Crète Cosmes[4], furent établis contre
le pouvoir royal de même qu'ici les tribuns du peuple contre
le pouvoir consulaire.

XXXIV. Il y avait peut-être pour nos aïeux quelque
moyen de remédier au fléau de la dette : Solon d'Athènes
avait connu ce remède peu de temps auparavant, et notre
sénat ne le négligea point peu de temps après, lorsque la
brutalité d'un créancier fit délivrer tous les détenus[5] et

1. L'an 256 de Rome, 498 avant J. C. — Il y avait alors à Rome
plus de cent cinquante mille citoyens en état de porter les armes.
2. L'an 260 de Rome, 493 avant J. C. Chacun d'eux était consul
pour la seconde fois.
3. L'an 760 avant J. C.
4. Κόσμοι
5. Nexi.

interdire désormais la détention. A toutes les époques, ces sortes de gens, même lorsque les plébéiens succombaient, accablés par les dépenses qu'entraînait le malheur public, reçurent dans l'intérêt du salut commun quelque allégeance, quelque secours à leurs maux. La négligence de cette mesure politique donna au peuple l'occasion de créer deux tribuns[1], issus d'une émeute populaire, et d'amoindrir la puissance et l'autorité du sénat. Il restait pourtant de la force et de la majesté aux hommes dont la sagesse et le courage protégeaient la république par les armes et par le conseil, et dont l'influence florissait d'autant plus que, supérieurs de beaucoup à tous les autres en dignités, ils se montraient inférieurs à eux dans la recherche des plaisirs et ne les surpassaient point en richesses : et par là, leur vertu républicaine était d'autant plus agréable que, dans les affaires privées, ils servaient avec le plus vif empressement chaque citoyen de leurs efforts, de leurs conseils et de leur argent.

XXXV. Dans cette situation de la république, Sp. Cassius, rêvant l'usurpation de la puissance royale, et jouissant d'une immense faveur auprès du peuple, fut accusé par le questeur, et, comme vous le savez, le père même de Cassius, après avoir déclaré qu'il reconnaissait son fils coupable, le fit mourir de l'aveu du peuple[2]. Cinquante-quatre ans environ après le premier consulat, les consuls Sp. Tarpéius et A. Hatérius[3] firent une chose agréable au peuple en obtenant des comices centuriates la substitution d'une amende au lieu de la détention. Vingt ans après cette loi, comme les censeurs L. Papirius et P. Pinarius avaient, en appliquant ces amendes, fait passer à l'État une grande quantité de troupeaux particuliers, cette sorte d'amende fut remplacée par une légère évaluation pécuniaire, en vertu d'une loi rendue sous le consulat de C. Julius et de P. Papirius[4].

XXXVI. Mais quelques années auparavant[5], dans un moment où le sénat, appuyé par le peuple patient et docile, avait la plus grande autorité, on adopta un nouveau système, d'après lequel les consuls et les tribuns du peuple

1. L'an 261 de Rome, 493 avant J. C.
2. L'an 269 de Rome, 485 avant J. C.
3. L'an 299 de Rome, 454 avant J. C.
4. L'an 323 de Rome, 430 avant J. C.
5. L'an 303 de Rome, 450 avant J. C.

abdiquèrent leurs charges, et l'on créa des décemvirs, revêtus d'un immense pouvoir sans appel, pour exercer le pouvoir souverain et rédiger des lois. Ceux-ci, après avoir composé, avec beaucoup d'équité et de prudence, dix tables de lois, se subrogèrent, pour l'année suivante, d'autres décemvirs, dont on ne peut louer également la loyauté et la justice. A ce collège cependant appartenait un homme digne d'éloges, C. Julius, qui, ayant sous sa juridiction suprême, vu que les décisions d'un décemvir étaient sans appel, un patricien nommé Sestius, dans la chambre duquel il déclarait qu'un cadavre avait été exhumé en sa présence, voulut bien pourtant admettre une caution, parce qu'il ne pouvait, dit-il, mettre à néant l'admirable loi qui ne permettait qu'aux comices centuriates de statuer sur la vie d'un citoyen romain.

XXXVII. Une troisième année suivit sous les mêmes décemvirs et sans qu'ils aient voulu en subroger d'autres à leur autorité. Dans cette situation politique, dont j'ai déjà parlé comme ne pouvant pas durer, parce qu'elle n'est pas égale pour tous les ordres de la cité, toute la puissance publique était aux mains des grands, par la nomination de dix hommes d'une haute noblesse, sans l'opposition des tribuns du peuple, sans l'adjonction d'aucune autre magistrature et sans le recours de l'appel au peuple contre la mort et le fouet. Ainsi de l'injustice de ces hommes naquit soudain un grand désordre et un changement complet dans la république. Ils ajoutèrent deux tables de lois tyranniques, pour lesquelles les mariages, concédés même à des peuples placés hors de l'alliance romaine, étaient interdits, en vertu d'une loi des plus inhumaines, entre les plébéiens et les patriciens : disposition qui fut dans la suite abrogée par le plébiscite de Canuléius [1] ; enfin ils gouvernèrent le peuple, durant tout leur commandement, avec autant de brutalité que de dureté et d'avarice. Car c'est un fait connu et dont parlent tous les monuments littéraires, que Décimus Virginius, poussé par la violence intempérante de l'un des décemvirs à tuer sa fille de sa propre main sur le forum, et s'étant enfui, la douleur dans l'âme, jusqu'à l'armée, qui était alors sur l'Algide, les soldats abandonnèrent la

____

1. L'an 309 de Rome, 445 avant J. C.

guerre qu'ils faisaient en ce moment et se rendirent d'abord sur le mont Sacré, comme on l'avait fait dans une circonstance pareille, et ensuite sur l'Aventin [qu'ils occupèrent en armes][1]......»

XXXVIII. Quand Scipion eut ainsi parlé, tout le monde attendait en silence la suite de son discours. Alors Tubéron : « Puisque nos aînés, Africain, ne te demandent rien, dit-il, tu sauras de moi ce que ton discours laisse à désirer.— A merveille, répond Scipion, et de grand cœur!— Alors Tubéron : Tu me parais, dit-il, avoir fait l'éloge de notre république, lorsque la question de Lélius ne portait pas seulement sur notre constitution, mais sur toute autre. Et je n'ai pas appris davantage de ta bouche d'après quel système, quelles mœurs et quelles lois nous pouvons constituer ou conserver le gouvernement dont tu fais l'éloge. »

XXXIX. Alors l'Africain : « Je pense, Tubéron, que nous aurons bientôt une occasion plus convenable de discuter la question de l'établissement et de la durée des États. Quant au meilleur système, je croyais avoir répondu suffisamment à la demande de Lélius. Car j'avais d'abord compté trois formes de gouvernements raisonnables, puis autant de gouvernements mauvais opposés aux trois bons, ajoutant qu'aucun d'eux n'est le meilleur, mais que celui-là vaut mieux que les autres, qui offre un mélange tempéré des trois premiers. Si j'ai pris notre cité pour exemple, ce n'était pas pour déterminer la meilleure forme de gouvernement, car je l'eusse pu faire sans exemple, mais je voulais montrer dans une grande cité et par un fait évident ce qu'était en réalité la chose que décrivait le raisonnement et la parole. Si maintenant tu cherches, sans employer d'exemple, quel est le meilleur mode de république, prenons l'image de la nature : car l'image d'une cité et d'un peuple.....»

XL. *Scipion.* Voilà l'homme que je cherche depuis longtemps et auquel je désire arriver.—*Lélius.* Tu cherches sans doute l'homme prudent? —*Scipion.* Lui-même!—*Lélius.* Tu en as parmi ceux qui sont ici une belle quantité, à commencer par toi-même. —*Scipion.* Plût aux dieux que le sénat tout entier nous en offrît sa quote-part! Mais enfin l'homme prudent est celui qui, comme nous l'avons vu souvent en

____

1. L'an 305 de Rome, 449 avant J. C.

Afrique, assis sur une bête énorme, monstrueuse, conduit et gouverne ce colosse, et dirige l'animal où il veut plutôt par un léger signe que par le toucher.—*Lélius.* Je connais cela, et je l'ai vu plus d'une fois, lorsque je te servais de lieutenant.— *Scipion.* Ainsi un Indien ou un Carthaginois suffit à conduire une seule bête énorme, quand elle est docile et accoutumée aux habitudes humaines. Mais le principe caché au fond de nos âmes, la partie de l'âme qu'on appelle intelligence n'a pas qu'un seul monstre ni un être facile à soumettre au frein et à dompter, s'il y parvient, chose rare : car elle a besoin d'être tenue cette bête féroce.....

XLI. [.... qui s'abreuve de sang, et qui, ne respirant que la cruauté, s'emporte de telle sorte qu'elle ne peut s'assouvir de victimes et de cadavres.]

[Hercule, si célèbre par sa vertu, et qui, comme l'Africain, est compté parmi les dieux, qu'a-t-il donc fait de si magnifique, lorsqu'il a triomphé d'un lion et d'un sanglier, percé des oiseaux de ses flèches, nettoyé les écuries d'un roi, vaincu une amazone et délié sa ceinture, tué des chevaux farouches avec leur maître? En effet, on ne peut accorder plus de courage à celui qui dompte un lion qu'à celui qui triomphe de la violence, bête sauvage renfermée dans son cœur; à celui qui abat des oiseaux rapaces qu'à celui qui réprime la fougue de ses passions; à celui qui vainc une amazone guerrière qu'à celui qui vainc les désirs des sens, en guerre contre la pudeur et l'honneur; à celui qui enlève le fumier d'une étable qu'à celui qui retranche les vices de son cœur : fléaux plus dangereux, parce qu'ils sont comme privés et domestiques, que ceux qu'il est possible d'éviter et de fuir. Il suit de là que l'homme seul vraiment courageux est celui qui joint la tempérance à la modération et à la justice.]

[Quiconque a le commandement et le pouvoir peut nuire beaucoup par la colère : il répand le sang, renverse les villes, détruit les peuples, change les provinces en déserts.]

[Il y a trois passions qui entraînent les hommes et les précipitent vers tous les crimes : la colère, la cupidité et la convoitise. La colère court après la vengeance, la cupidité après les richesses, la convoitise après les plaisirs.]

[Il y a une quatrième passion : l'inquiétude, portée à la douleur, à la mélancolie, se tourmentant toujours elle-même.]

[Comme le conducteur inhabile d'un char est entraîné, broyé, écrasé, déchiré...]

[Les passions de l'âme sont semblables à un char attelé, dont la direction exige, comme premier devoir du conducteur, qu'il sache bien la route. Une fois qu'il la tient, il a beau courir vite, il ne bronchera pas; s'il dévie, malgré le calme et la lenteur de son allure, il se brisera contre les endroits scabreux, ou glissera dans les précipices, ou tout au moins sera emporté hors de la voie.]

XLII. .. . .peut à peine s'exprimer.— *Lélius*. Je vois maintenant quel office, quelle fonction tu imposes à l'homme que j'attendais.—Une seule, dit l'Africain, une seule tout au plus; car en elle se trouve compris à peu près tout le reste : j'entends qu'il ne cesse jamais un instant de se régler, de s'observer lui-même, d'appeler les autres à l'imiter, d'être par l'éclat de son âme et de sa vie, comme un miroir offert à ses concitoyens.

[En effet, de même que les lyres et les flûtes, le chant et les voix produisent un concert formé de sons distincts, dont les altérations ou les dissonances choquent les oreilles exercées, et que de ce même concert, grâce au mélange assorti des voix les plus dissemblables, résulte l'accord et l'ensemble, ainsi la réunion des ordres élevés, moyens et bas, comparable aux groupes des sons, produit, dans une cité tempérée par la raison, un concert d'éléments les plus divers; et ce que les musiciens appellent harmonie pour le chant, c'est la concorde dans une cité, autrement dit le lien le plus étroit, le gage le plus assuré de salut pour toute espèce de république : seulement cette concorde ne saurait exister sans la justice.]

XLIII. [Après que Scipion a prouvé largement et abondamment combien la justice est utile à une cité, et nuisible, quand elle en est absente, Philus [un de ceux qui assistaient à la discussion] prend la parole et demande que cette question même soit traitée plus à fond et qu'on insiste davantage sur la justice, en vue de cette pensée, qui commençait à se répandre déjà, qu'une république ne peut être gouvernée sans l'injustice.]

[Il y en a, en effet, qui croient assurément que si l'égalité assure les empires, la justice les détruit, elle qui ne peut pas même gouverner une seule famille.]

XLIV. . . . . toute pleine de justice. Alors Scipion : « C'est mon avis : je vous déclare même que nous devons considérer comme nul tout ce que nous avons dit jusqu'ici sur la république, et que nous ne pouvons aller plus avant, s'il n'est bien établi que non-seulement il est faux que la chose publique puisse être gouvernée par l'injustice, mais qu'il est très-vrai qu'un État ne saurait être gouverné sans une extrême justice. Toutefois, si vous le voulez bien, c'en est assez pour aujourd'hui. Le reste, car il nous reste beaucoup à dire, remettons-le à demain. » La chose ainsi convenue, la discussion de ce jour fut terminée.

LIVRE III.

Une vive discussion s'établit entre les interlocuteurs. Philus, se faisant malgré lui l'interprète des arguments de ceux qui prétendent que l'on ne peut gouverner une république sans commettre d'injustice, plaide la cause de l'injuste contre le juste. Lélius réfute ces sophismes, prend en main l'éloge de la justice et prouve qu'il n'y a point d'État possible où la justice ne domine pas. Scipion, rentrant dans le vif du débat, rappelle sa définition de la république, soutient qu'un peuple n'est point un groupe formé au hasard, mais une société fondée sur le consentement du droit, et, poursuivant cette idée à travers les différentes formes de gouvernement, démontre avec une grande force de logique qu'il n'en est pas un qui puisse subsister, si la justice ne lui sert de base et de couronnement.

I. [L'homme n'a pas eu dans la nature une mère, mais une marâtre qui l'a jeté dans la vie, nu, frêle, infirme, l'âme en proie aux angoisses, abattue par les terreurs, molle aux travaux, prompte aux mauvais désirs; et cependant au fond de cette âme est enseveli comme un feu divin de génie et d'intelligence [1].]

[L'homme naît frêle, débile, mais garanti contre un grand nombre d'animaux, et tous les êtres qui naissent plus forts et qui peuvent résister à la violence du ciel, ne peuvent se

----

1. On peut comparer Lucrèce, *de la Nature*, liv. V, v. 223 ; Pline l'ancien, *Hist. nat.*, liv. VII, et Sénèque, *Consolation à Marcia*, chap. XI.

garantir de l'homme. De là vient que la raison fait plus pour l'homme que la nature pour les bêtes ; parce que ni la grandeur de leur force ni la vigueur de leur corps ne peut empêcher celles-ci d'être dominées par nous et soumises à notre pouvoir. Aussi Platon rend-il grâce à la nature de l'avoir fait naître homme.]

II. ...... C'est l'intelligence qui, prenant l'homme réduit à faire entendre d'une voix inarticulée des sons ébauchés et confus, lui apprit à les couper, à les diviser en parties distinctes : elle attacha les mots aux choses pour en être les signes, et, par les doux liens du langage, elle unit les hommes auparavant isolés. Grâce à elle encore, les inflexions de la voix, qui semblaient innombrables, furent toutes exprimées et notées par un petit nombre de caractères inventés de manière à établir une conversation avec des absents, indiquer la volonté et conserver la mémoire des choses passées. Vint ensuite l'usage des nombres [1], science nécessaire à la vie, et en même temps immuable et éternelle, qui la première nous fit lever les regards vers le ciel et nous empêcha de voir inutilement les mouvements des astres, les alternatives des jours et des nuits......

III. [Alors il y eut des hommes] dont les âmes s'élevèrent plus haut, et qui, ainsi que je l'ai dit auparavant purent exécuter ou concevoir quelque chose qui fût digne du bienfait des dieux. Aussi, que ceux qui ont raisonné sur la conduite de la vie humaine soient à nos yeux de grands hommes, comme ils le sont en effet, qu'ils soient savants, précepteurs de la vérité et de la vertu, j'y souscris, si l'on convient que la science sociale et la direction des peuples, soit inventées par les hommes qui vécurent au milieu de la variété des premiers groupes civils, soit consignées dans des écrits qui sont le fruit des loisirs et des études, est un art qui n'a rien de méprisable, et qui dans les heureux génies produit, comme on l'a vu souvent, je ne sais quelle vertu merveilleuse et divine. Et si, à ces instruments intellectuels, reçus de la nature et developpés par les institutions sociales, on a songé à joindre une science abondante et des connaissances étendues, comme les personnages qui figurent dans

---

1. On peut voir Eschyle, *Prométhée enchaîné*, v. 446 et suivants, et le sixième livre de Lucrèce.

cette discussion, il n'est personne qui ne soit prêt à les préférer à tous les autres. Que peut-il y avoir, en effet, de plus remarquable que la pratique et l'habitude des grandes choses unie avec l'étude et la connaissance de ces arts ingénieux? Et que peut-on imaginer de plus parfait que P. Scipion, que C. Lélius, que L. Philus, qui, ne voulant rien négliger de ce qui fait la gloire suprême des grands hommes, ont joint aux traditions domestiques de leurs aïeux les doctrines étrangères émanées de Socrate? Aussi, quiconque a voulu et su pratiquer ces deux choses, à savoir, se conformer aux mœurs de nos aïeux et s'appuyer sur la science; celui-là, selon moi, a fait tout ce qu'il faut pour atteindre à la gloire. Toutefois, s'il fallait choisir entre ces deux voies de la sagesse, bien que la vie passée tranquille au sein de ces études et de ces connaissances exquises puisse paraître plus heureuse, la vie civile est, sans contredit, plus estimable et plus brillante : c'est la vie où se sont illustrés les plus grands hommes, comme M'. Curius [1],

> Dont nul ne triompha par le fer ou par l'or.

ou bien. . . . .

IV. . . . . . . C'était la sagesse. Il y avait pourtant cette différence entre ces deux classes de grands hommes, que les premiers développèrent les principes naturels par l'éloquence et par l'étude, et les seconds par les institutions et par les lois. Cette cité, à elle seule, a produit beaucoup d'hommes, sinon sages, puisque l'on ne prodigue pas ce titre, du moins dignes d'une grande renommée pour avoir pratiqué les préceptes et les inventions des sages. Et si l'on considère qu'il a existé beaucoup d'États fameux, si l'on songe que, dans ce monde, la plus grande œuvre du génie est de constituer une république qui soit durable, quelle foule d'hommes éminents, à n'en compter qu'un seul pour chaque cité! Parcourons par la pensée en Italie le Latium, le peuple sabin, les Volsques, le Samnium, l'Étrurie; voyons ensuite la grande Grèce, puis les Assyriens, les Perses,

---

1. M'. Curius Dentatus, célèbre par son courage et par sa frugalité pendant les guerres contre les Samnites et contre Pyrrhus. Il disait qu'il croyait beau, non pas d'avoir de l'or soi-même, mais de commander à ceux qui en avaient.

les Carthaginois [que de législateurs, de fondateurs d'empires]! .....

V. ..... [Faire l'office] d'avocat. Alors Philus : Vous me donnez là une belle cause à plaider ; vous voulez que je me fasse le défenseur du vice. — Est-ce que tu craindrais, reprit Lélius, en reproduisant ce que l'on avance d'ordinaire contre la justice, de paraître avoir les mêmes sentiments, toi qui passes pour une sorte de modèle unique de bonne foi et d'antique probité ; toi, dont on connaît l'habitude de discuter une question dans ces deux sens, parce que tu crois que c'est le moyen le plus facile de découvrir la vérité ? — Eh bien, dit Philus, je vous obéirai, et je vais me salir en connaissance de cause : on ne craint pas de le faire, quand on cherche de l'or ; nous qui cherchons la justice, chose beaucoup plus précieuse que l'or, nous ne devons reculer devant aucun désagrément. Et plût aux dieux que, en empruntant les discours d'un autre, j'eusse aussi la faculté d'user de la même éloquence ! Mais maintenant il faut que moi, L. Furius Philus, je vous dise à ma manière ce que disait le Grec Carnéade, homme accoutumé à exprimer tout ce qu'il voulait. .....

[Je ne parlerai donc pas pour énoncer mes propres idées, mais pour vous permettre de répondre à Carnéade, qui, par les perfidies de son art, se faisait un jeu des meilleures causes [1]....]

VI. [Carnéade était un philosophe de la secte académique. Si l'on ignore combien il avait de vivacité, d'éloquence et de subtilité dans la discussion, on peut s'en assurer par le témoignage louangeur de Cicéron ou par celui du poëte Lucilius [2], dans une satire duquel Neptune dit, en parlant d'une chose très-difficile, qu'il est impossible de l'expliquer,

Lors même que Pluton renverrait Carnéade.

Ce philosophe, envoyé à Rome en ambassade par les Athéniens, fit une brillante leçon sur la justice, en présence de Galba et de Caton le censeur, les plus grands orateurs de cette époque. Mais, le lendemain, le même Carnéade dans

---

1. Lactance, dans ses *Institutions divines*, liv. V, chap. xiv, et *Epitom.*, chap. lv, a fait une analyse et une réfutation des arguments de Carnéade contre la justice. On peut voir, sur Carnéade et sa fameuse ambassade à Rome, Tennemann, *Manuel de l'histoire de la philosophie*, traduction de V. Cousin.

2. Poëte satirique, dont il est souvent question dans Horace.

une leçon tout à fait opposée, ruina son argumentation et dénigra la justice qu'il avait louée, non plus avec la gravité d'un philosophe, qui doit être ferme et assuré dans ses principes, mais en homme qui fait un exercice oratoire d'une discussion en partie double. C'était l'habitude de Carnéade, afin de pouvoir réfuter les assertions des autres. Furius, dans Cicéron, se rappelle les arguments qui ruinent la justice ; et je pense que, discourant sur la république, il défend et loue cette vertu, sans laquelle il croyait qu'une république ne peut être gouvernée. Or, Carnéade, voulant réfuter Aristote et Platon, défenseurs de la justice, réunit dans cette première discussion toutes les raisons qu'on pouvait alléguer pour elle, afin de pouvoir les renverser comme il le fit.]

VII. [Un grand nombre de philosophes, mais surtout Platon et Aristote, ont beaucoup parlé de la justice, louant et exaltant cette vertu qui rend à chacun ce qui lui est dû, garde en tout l'équité, et qui, tandis que les autres vertus sont silencieuses et renfermées à l'intérieur de l'homme, seule ne demeure point cachée et bornée à elle-même, mais se produit au dehors et suit la pente qui l'entraîne à bien faire, pour être utile au plus grand nombre. Car ce n'est pas dans les juges seulement ni dans les pouvoirs constitués que doit résider la justice ; elle est pour tous. Il n'est pas un homme, infirme même ou mendiant, qui ne relève de la justice. Mais comme on ignorait d'abord ce qu'elle était, d'où elle émanait, quelle en était la portée, on assigna cette vertu souveraine, c'est-à-dire un bien commun à tous, à un petit nombre d'hommes, et l'on dit qu'elle n'avait point en vue les intérêts propres, mais qu'elle se proposait exclusivement l'avantage des autres. Voilà ce qui explique pourquoi Carnéade, philosophe d'un rare génie et d'un éminent esprit, réfuta les arguments de Platon et d'Aristote et renversa leur justice qui n'avait aucun fondement solide, non pas qu'il crût que la justice est de soi blâmable, mais il voulut montrer que ses défenseurs n'avaient aucun principe certain ni stable dans leur discussion en faveur de la justice.]

[La justice se produit au dehors, elle s'élance, elle est toute en saillie.]

[Cette vertu, plus que toutes les autres, s'étend et s'applique à l'avantage d'autrui.]

VIII. ..... Trouver et établir ces principes. L'autre [Aristote?] a rempli de cette question de la justice quatre livres d'une assez grande étendue. Pour Chrysippe, je n'en ai rien attendu de grand ni d'élevé : il procède ici suivant son habitude, en pesant tout au poids des mots et non des choses. Mais il était digne des héros de la philosophie de relever cette vertu, qui seule, du moment qu'elle existe, est, avant tout, bienfaisante et libérale, qui, préférant les autres à elle-même, semble née pour eux et non pas pour soi : c'était à eux de la prendre gisante et de la placer sur un trône divin à côté de la sagesse. Et certes la volonté ne leur a pas fait défaut ; car quel autre motif ont-ils eu d'écrire, quelle autre pensée en écrivant? ni le génie qui les mettait au-dessus des autres hommes. Seulement le vice de leur cause a triomphé de leur volonté et de leur éloquence. En effet, le droit, qui fait l'objet de cette discussion, existe, si l'on veut, en tant que droit civil ; mais de droit naturel, il n'y en a point. S'il en existait un, de même qu'on a le chaud et le froid, le doux et l'amer, il y aurait le juste et l'injuste identiquement pour tout le monde.

IX. Maintenant, si quelqu'un,

Porté sur ce char aux serpents ailés,

dont parle le poëte Pacuvius, pouvait planer au-dessus des villes nombreuses et des nations diverses et y faire descendre ses regards, il verrait d'abord chez le peuple égyptien, qui ne s'est mêlé à aucun autre, et qui consacre dans ses archives la mémoire de tant de siècles et d'événements, un bœuf, adoré comme dieu sous le nom d'Apis, et une foule d'autres monstres et d'animaux de toute espèce admis au nombre des dieux. Il verrait dans la Grèce, comme chez nous, des temples magnifiques consacrés à des idoles de forme humaine, que les Perses, de leur côté, considéraient comme des profanations : c'est même, dit-on, pour ce motif seul que Xerxès fit incendier les temples d'Athènes, prétendant qu'il y avait sacrilége à enfermer dans des murailles les dieux dont la demeure est l'univers. Plus tard Philippe, en préparant, et Alexandre en exécutant la guerre contre les Perses, donnaient pour prétexte qu'ils voulaient venger les temples de la Grèce, et les Grecs mêmes avaient jugé à propos de ne les point relever, afin que le crime des Perses fût rappelé aux yeux de la postérité par un monument éternel. Que d'hommes, comme les habitants de la Tauride, sur les bords de l'Euxin, et le roi d'Égypte Busiris, et les Gaulois, et les Carthaginois, se sont imaginé que d'immoler des hommes était pour les dieux immortels la plus pieuse, la plus agréable des offrandes ! D'autre part, quelle diversité dans les institutions sociales ! Les Crétois et les Étoliens honorent le brigandage ; les Lacédémoniens répètent sans cesse que leur territoire s'étend partout où peut atteindre le fer de leur lance ; les Athéniens avaient coutume de déclarer par un serment public qu'à eux seuls appartenaient toute terre produisant l'olive et le blé ; les Gaulois trouvent honteux de se procurer du blé par le travail des mains, et ils s'en vont armés moissonner le champ des autres. Et nous, les plus justes des hommes, nous ne permettons pas aux nations transalpines de planter l'olivier et la vigne, afin d'augmenter la valeur de nos huiles et de nos vins. Quand nous faisons cela, l'on trouve que nous agissons avec prudence, mais on ne trouve pas que nous agissions avec justice, d'où vous comprenez bien qu'il y a une différence entre la sagesse et l'équité. Lycurgue, cet inventeur de lois excellentes et du droit le plus équitable, donnait au peuple, comme à des esclaves, les champs des riches à cultiver.

X. Si je voulais décrire les diverses espèces de lois, d'institutions, de mœurs et de coutumes, non-seulement dans leur variété, de nation à nation, mais dans une seule cité, dans la nôtre même, je montrerais qu'ils ont changé mille fois. Ainsi l'interprète des lois que voici, Manilius vous dirait, au sujet des legs et des héritages des femmes, que le droit n'est plus du tout le même aujourd'hui que dans sa jeunesse, avant la promulgation de la loi Voconia qui, rendue dans l'intérêt des hommes, est pleine d'injustice à l'égard des femmes [1]. Pourquoi, en effet, une femme n'aurait-elle pas d'argent en propre ? Pourquoi une vestale peut-elle instituer un héritier, et une mère ne le peut-elle pas ? Pourquoi, en supposant qu'il a fallu mettre des limites à la richesse des femmes, la fille de Crassus, si son père n'avait pas d'autre

---

1. La loi Voconia, présentée par le tribun du peuple Q. Voconius Saxa, fut votée sous l'influence de Caton l'ancien, l'an 578 de Rome, 174 avant J. C. On peut voir Tite-Live, liv. XLI, chap. XXXIV.

enfant, pourrait-elle avoir plusieurs millions de sesterces sans blesser la loi, tandis que la mienne n'en pourrait avoir plus de trois millions ?.....

XI. ..... [Si la justice était innée, la nature] nous aurait donné les mêmes droits, et les mêmes hommes n'auraient pas un droit qui change suivant les époques et les pays. Or, je le demande, s'il est d'un homme juste et bon d'obéir aux lois, à quelles lois? A toutes, quelles qu'elles soient. Mais la vertu n'admet pas cette inconstance, la nature ne souffre pas cette diversité, et les lois s'appuient sur la sanction de la peine et non sur la notion de la justice. Donc il n'y a pas de droit naturel; d'où il suit qu'il n'y a pas d'hommes justes naturellement. Mais, dira-t-on, il y a variété dans les lois, de sorte que les hommes vertueux par nature suivent la justice qui existe réellement, et non pas ce qu'on prend pour elle, attendu que le propre de l'homme bon et juste est d'accorder à chacun ce qui lui est dû. Mais, si cela est vrai, que devons-nous donc accorder aux animaux muets? Car je ne dis pas de médiocres esprits, mais des âmes droites et grandes, un Pythagore, un Empédocle, déclarent qu'il n'y a qu'une seule et même condition légale pour les êtres animés : ils s'écrient, que des peines inexpiables sont réservées à quiconque a fait souffrir un animal; c'est donc un crime de nuire à une bête. Quiconque voudrait affirmer que ce crime. . . . .

XII. [L'homme qui ne connaît pas le droit divin s'attache aux lois de sa patrie comme étant le vrai droit, et cependant ce n'est pas toujours la justice, mais l'utilité qui les a trouvées. Car pourquoi les peuples ont-ils des droits différents et divers, si ce n'est parce que chaque nation s'est constitué un droit particulier qu'elle a regardé comme utile à ses intérêts. Le peuple romain lui-même montre combien l'utilité s'éloigne de la justice, lui qui, en déclarant la guerre par les féciaux, en faisant légalement des injustices et en ne cessant de convoiter et de ravir le bien d'autrui, s'est acquis la possession du monde entier.]

[Si je ne m'abuse, tout royaume et tout empire s'accroît par des guerres, s'agrandit par des victoires. Or, guerres et victoires consistent surtout en prises et ruines de villes : opération qui ne peut s'accomplir sans injure aux dieux; car elle entraîne à la fois destruction des murs et des temples, massacre des citoyens et des prêtres, pillage des trésors sacrés et profanes. Donc autant de sacriléges pour les Romains que de trophées ; autant de triomphes sur les dieux que sur les nations ; autant de dépouilles qu'il y a de statues de dieux captifs.]

[Le résumé de la discussion de Carnéade, c'est que les hommes ont institué des lois, suivant l'intérêt ; lois dès lors variables comme le génie des peuples, et qui, chez un même peuple, changent selon les temps ; quant au droit naturel, il n'y en a pas. Tous les hommes et les autres animaux vont directement à leur utilité par l'impulsion de leur nature. Ainsi il n'existe pas de justice, ou, s'il en existe, c'est une souveraine folie, puisqu'elle se ferait tort à elle-même en ménageant les autres.]

[Qu'est-ce que l'avantage de la patrie, sinon le désavantage d'un autre État, d'un autre peuple ? c'est-à-dire un accroissement de territoire arraché violemment à d'autres, une extension d'autorité, une augmentation de tributs ? Ainsi l'homme qui procure ces biens à sa patrie, c'est-à-dire qui, en renversant des cités, en exterminant des nations, a rempli d'argent le trésor public, usurpé du terrain, enrichi ses concitoyens, cet homme est porté aux cieux : on voit en lui la souveraine, la parfaite vertu ; et cette erreur est non-seulement celle des peuples et des ignorants, mais celle des philosophes qui donnent aussi des leçons d'injustice.]

XIII. . . . . . Tous ceux qui ont usurpé le droit de vie et de mort sur le peuple sont des tyrans, mais ils aiment mieux se faire appeler du nom de roi, comme Jupiter Très-Bon. Lorsque certains hommes, grâce à leur richesse, à leur naissance, ou à toute autre supériorité, se rendent maîtres de la république, c'est une faction, et pourtant on les appelle optimates. Mais si le peuple est prédominant, si tout est régi par sa volonté, on donne le nom de liberté à cet État qui n'est autre que la licence. Enfin lorsque l'on se craint les uns les autres, homme contre homme, classe contre classe, alors la défiance réciproque amène une sorte de transaction entre le peuple et les puissants : d'où naît le genre mixte de gouvernement qu'admirait Scipion. Ainsi la justice a pour mère, non la nature ni la volonté, mais la faiblesse. Lorsqu'il faut choisir de trois choses l'une, ou faire l'injustice sans la souffrir; ou la faire et la souffrir, ou éviter l'un et l'autre, la meilleure condition est, sans doute, de la faire impunément, la seconde de ne la point faire ni souffrir, et la plus misérable, d'avoir toujours l'épée en main contre le mal qu'on fait et celui qu'on reçoit. Aussi celui qui arrive à la première de ces conditions......

XIV. [Alexandre] demandait à un pirate par quel attentat il infestait la mer sur un chétif brigantin.—Du même droit, dit-il, que toi l'univers.....]

..... Demandez à tout le monde. La sagesse [dit un chacun] nous commande d'augmenter notre puissance, d'accroître nos richesses, d'agrandir notre territoire. Comment cet [Alexandre], ce grand général, dont [les armes] étendirent autrefois l'empire en Asie, aurait-il pu, sans envahir le bien d'autrui, commander, jouir des plus grandes voluptés, être puissant, régner, dominer? Mais la justice nous ordonne d'épargner tout le monde, de ménager l'intérêt du genre humain, de rendre à chacun ce qui est à lui, de ne point [toucher] aux choses sacrées, publiques [particulières]. Que suit-il de là? Si tu obéis à la voix de la sagesse, les richesses, les pouvoirs, les grandeurs, les honneurs, les commandements, la royauté sont aux mains des individus et des peuples. Comme nous traitons de la république, les exemples d'intérêt public seront bien plus éclatants; et comme le principe du droit est identique dans les deux cas, je crois qu'il vaut mieux parler de la sagesse du peuple.

XV. Je laisse donc de côté les autres nations. Eh bien, notre peuple, dont l'Africain, dans son discours d'hier, a été reprendre les origines, et dont l'empire embrasse l'univers, est-ce par la justice ou par la sagesse qu'il est devenu, du plus petit qu'il était, le plus grand de tous? Tous les peuples qui ont possédé l'empire, et les Romains eux-mêmes, maîtres de l'univers, s'ils voulaient être justes, c'est-à-dire, s'ils restituaient le bien d'autrui, en reviendraient aux cabanes et n'auraient plus qu'à languir dans la pauvreté et dans la misère, à l'exception des Arcadiens et des Athéniens, qui, je le suppose, dans la crainte que cet acte de justice n'eût lieu quelque jour, se vantent d'être sortis de terre, comme les musaraignes dans nos champs.

XVI. A ces raisons, on a coutume d'ajouter ce que disent

les hommes sincères dans la discussion, et qui ont d'autant plus d'autorité en cette matière où nous traitons de l'homme de bien, c'est-à-dire de l'homme que nous voulons droit et simple, qu'ils n'apportent dans la controverse ni sophisme, ni ruse, ni malignité. Ils disent donc que le sage n'est pas homme de bien, parce que la bonté et la justice lui agréent spontanément, mais parce que la vie de l'homme bon est exempte de craintes, de soins, de soucis, de dangers, tandis qu'il y a toujours quelque scrupule au cœur des méchants, qui ont sans cesse devant les yeux les condamnations et les supplices. Or, il n'y a pas de profit, pas d'avantage obtenu par l'injustice qui vaille la peine de craindre toujours, de voir toujours une peine qui est là, suspendue sur votre tête....

XVII. [Je vous le demande, s'il y avait deux hommes, l'un le meilleur des mortels, le plus équitable, d'une justice parfaite, d'une inviolable bonne foi, l'autre d'une scélératesse et d'une audace insignes; si leur cité était dans cette erreur, qu'elle regardât l'homme de bien comme un monstre de scélératesse, d'infamie, de perversité, et l'autre, le plus méchant qui fût, comme un modèle de probité et de loyauté, et si, par suite de cette croyance universelle, le bon était tourmenté, emprisonné, les mains mutilées, les yeux crevés, condamné, enchaîné, brûlé, banni, réduit à l'indigence, jugé enfin par tous le plus misérable des êtres, tandis que le méchant serait loué, honoré, aimé de tous, comblé d'honneurs, de dignités, de puissance, de richesses, et estimé le meilleur des hommes, le plus digne de la meilleure fortune, qui serait assez insensé pour se demander lequel des deux il aimerait le mieux être [1]?]

---

1. Ce beau passage est imité de Platon, *République*, liv. II. Le philosophe grec y pose d'une main vigoureuse et sous une image frappante les éternels principes d'une morale utile et sublime que le christianisme n'a pas désavouée.

Jadis de la vertu Platon prévit la fin.
« Que son héros, dit-il, attende avec courage
« Tout ce que des méchants lui prépare la rage.
« S'il se montre à la terre, à la terre arraché,
« Proscrit, frappé, sanglant, à la croix attaché,
« Paix secrète du cœur, gage de l'innocence,
« C'est toi seule, à sa mort, qui seras sa défense. »
        L. RACINE, *La Religion*, chant IV.

On peut comparer Sénèque, *De la Constance du sage*.

XVIII. Ce qui est vrai des individus, l'est aussi des États : il n'y a pas de peuple assez fou pour ne pas préférer une souveraineté injuste à une juste servitude. Je n'irai pas bien loin pour le prouver. Lors de mon consulat [1], je me suis trouvé juge du traité de Numance, et vous faisiez avec moi partie du conseil. Qui de vous ignorait que Pompée avait signé ce traité, et que Mancinus était dans la même situation ? Celui-ci, homme vertueux, appuya la rogation qu'un sénatus-consulte m'autorisait à porter devant le peuple ; l'autre s'y opposa vivement. Cherche-t-on l'honneur, la probité, la bonne foi, on les trouve dans Mancinus ; est-ce la raison, le conseil, la prudence, c'est Pompée qui l'emporte. Lequel des deux. . . . .

XIX. [Laissant de côté les idées générales, Carnéade passait aux applications particulières.] Qu'un honnête homme, dit-il, ait un esclave fugitif ou une maison insalubre et pestilentielle, vices qu'il connaîtra seul, et que pour cela il affiche et vende l'un et l'autre, publiera-t-il qu'il met en vente un esclave fugitif et une maison insalubre, ou bien le cachera-t-il à l'acquéreur ? S'il le publie, il sera honnête, parce qu'il ne trompera pas ; mais on le considérera comme un être naïf, parce qu'il vendra mal ou ne vendra pas. S'il le cache, ce sera, sans contredit, un habile homme, puisqu'il fera une bonne affaire, mais en même temps un méchant, puisqu'il trompera. Autre chose : s'il trouve quelqu'un qui croie lui vendre de l'oricalque, en lui livrant de l'or, ou du plomb, en lui donnant de l'argent, se taira-t-il pour acheter à vil prix, ou le lui fera-t-il remarquer, pour payer cher ? On le croirait fou de mieux aimer payer un grand prix.]

[Par là il donnait à entendre que celui qui est juste et bon est insensé, et que celui qui est sage est méchant.]

XX. [Il s'élevait ensuite à des considérations plus élevées, et montrait comment on ne peut être juste sans courir péril de la vie. Certes, disait Carnéade, la justice veut qu'on ne tue pas un homme, qu'on ne touche pas au bien d'autrui. Que fera donc le juste, si, dans un naufrage, il voit un plus faible que lui mettre la main sur

1. P. Furius Philus avait été consul avec Sext. Atilius Serranus, l'an 617 de Rome, 136 avant J. C. On peut voir le fait raconté avec plus de détails dans le *Traité des Devoirs*, liv. III, chap. xxx.

une planche? Ne le jettera-t-il pas à bas de la planche pour y monter, s'y fixer et se sauver, surtout quand il n'a que la pleine mer pour témoin? S'il a du sens, il le fera, car il faut qu'il périsse s'il ne le fait pas. S'il aime mieux mourir que de faire violence à un autre, il est juste, mais insensé de sacrifier sa vie pour épargner celle d'autrui. De même, si dans une déroute des siens, poursuivi par les ennemis, cet homme juste rencontre un blessé sur un cheval, n'y touchera-t-il pas pour se laisser tuer lui-même, ou le renversera-t-il du cheval pour échapper à l'ennemi? S'il le fait, c'est un homme de sens, mais aussi un méchant; s'il ne le fait pas, c'est un homme juste, mais nécessairement un insensé.....]

XXI. [..... Je ne t'accablerais pas de mes instances, Lélius, si je ne savais que nos amis désirent et si je ne souhaitais moi-même t'entendre traiter quelque partie de notre sujet, surtout nous ayant dit hier que tu irais plus loin que nous. Mais si cela est impossible, ne nous fais pas défaut au moins, nous t'en prions tous.]

[Non, Carnéade ne doit pas être écouté de notre jeunesse : s'il pense comme il parle, c'est un cœur dépravé ; si cela n'est pas, ce que j'aime mieux croire, son discours n'en est pas moins monstrueux.]

XXII. [Il est une loi véritable, la droite raison[1], conforme à la nature, répandue parmi tous les hommes, constante, éternelle, dont l'ordre appelle au devoir, et la défense détourne du mal, et qui toutefois n'ordonne ni ne défend rien vainement aux bons, et ne touche point les méchants par ses ordres ou ses défenses. Cette loi ne saurait être contredite par une autre : on n'y peut déroger, on ne peut l'abroger tout entière; ni le sénat ni le peuple ne peuvent nous en affranchir ; il n'en faut point chercher un nouvel organe ni un nouvel interprète : elle ne sera pas autre à Rome, autre à Athènes, autre aujourd'hui, autre demain ; mais une, éternelle, immuable, elle régnera sur toutes les nations et dans tous les temps. C'est le maître unique et commun des êtres,

---

1. On peut rapprocher de cet admirable passage Xénophon, *Mémoires sur Socrate*, liv. IV, chap. IV, où Socrate démontre que la justice consiste dans l'obéissance à la loi civile et à la loi naturelle; Sophocle, *Antigone*, v. 450 et suivants, et Cicéron lui-même, *des Lois*, liv. II, chap. VI et V.

c'est Dieu, souverain de l'univers, qui a inventé, promulgué, porté cette loi : celui qui refusera d'obéir, se fuira lui-même, méconnaîtra la nature de l'homme et, par cela seul, subira les expiations les plus sévères, lors même qu'il éviterait tout ce qu'on appelle supplices.]

XXIII. [Nulle guerre n'est entreprise par une cité bien gouvernée, si ce n'est pour la bonne foi et pour son salut. Les peines que ressentent les esprits, même les plus grossiers, la pauvreté, l'exil, la prison, le fouet, on s'y dérobe aisément, à la faveur d'une mort prompte; mais pour les États, la plus grande peine est cette même mort qui paraît délivrer les individus de la peine. En effet, une cité doit être constituée pour vivre éternellement. Il n'y a donc pas pour une république de destruction naturelle, comme pour l'homme, à qui la mort est un sentiment nécessaire, mais souvent désirable. Quand une cité disparaît, détruite, anéantie, il y a là, si nous pouvons comparer les petites choses aux grandes, une catastrophe semblable à la ruine et à la destruction même de l'univers.]

[Toutes les guerres entreprises sans motif sont injustes. Aucune guerre n'est réputée juste, si elle n'est annoncée, déclarée, précédée d'une demande de restitution.]

[Notre peuple, en défendant ses alliés, est devenu maître de l'univers.]

XXIV. [Une discussion chaude et vive s'engage contre l'injustice en faveur de la justice. Et comme on avait commencé par plaider la cause de l'injustice contre la justice, et qu'on avait dit qu'un État ne peut durer et grandir que par l'injustice, on établit comme un principe absolu qu'il est injuste que des hommes soient esclaves d'autres hommes : et cependant si une cité souveraine, placée à la tête d'un grand État, ne suit pas cette maxime injuste, il est impossible qu'elle commande à ses provinces. On répond, en faveur de la justice, que cette souveraineté est juste, puisque la servitude est utile aux hommes qui la subissent et tourne à leur avantage, puisqu'elle est exercée convenablement, en ce sens qu'elle enlève aux méchants le pouvoir de commettre des injustices, et que les peuples se trouvent mieux domptés qu'ils ne l'étaient indomptés; et l'on ajoute, pour renfort de preuve, un bel exemple emprunté à la nature, en disant : Pourquoi Dieu commande-t-il à l'homme,

l'âme au corps, la raison à la passion et aux autres parties
vicieuses de l'âme?]

XXV. [....Ne voyons-nous pas que la nature elle-même a
donné l'autorité au meilleur pour la plus grande utilité des
faibles? Mais il faut connaître les nuances qui existent dans
le commandement et dans l'obéissance. Car, de même que
l'on dit que l'âme commande au corps, elle commande aussi
à la passion; seulement elle commande au corps, comme le
roi à ses concitoyens, le père à ses enfants; elle commande
à la passion, comme le maître à ses esclaves, puisqu'elle la
comprime et la brise. Rois, généraux, magistrats, pères, chefs
populaires, commandent à léurs concitoyens ou à leurs alliés
comme les âmes au corps; mais les maîtres exercent sur
leurs esclaves une pression comparable à celle que la meilleure partie de l'âme, c'est-à-dire la sagesse, exerce sur les
parties vicieuses et faibles de l'âme elle-même, passions, co-
lères, troubles de l'esprit.]

[Il y a une sorte d'injuste servitude, quand ceux-là relèvent d'un autre qui peuvent ne relever que d'eux-mêmes;
tandis que, lorsque ceux-là sont gouvernés qui ne peuvent
se conduire, il n'y a point d'injustice.]

XXVI. [Si tu savais, dit Carnéade, qu'un aspic est caché
dans un endroit, et que là va venir s'asseoir un homme qui
n'en sait rien et dont la mort doit te procurer un grand
avantage, tu agirais mal, si tu ne l'avertissais pas de ne
point s'asseoir, et cependant ta malice serait impunie, car
qui pourrait t'accuser de l'avoir su? Mais c'en est assez.
Il est évident que, si l'équité, la bonne foi, la justice,
ne viennent pas de la nature et si tout doit être rapporté
à l'intérêt, il est impossible de trouver un homme de
bien.]

[Nous avons donc raison de dire qu'il n'y a de bien
que ce qui est honnête, rien de mal que ce qui est honteux.]

XXVII. [Je suis ravi de te voir approuver le principe que
la tendresse des mères pour leurs enfants est le fait de la
nature : si cela n'était pas, il n'y aurait pas de rapprochement possible entre l'homme et l'homme; or, cette sympa-
thie détruite, c'en est fait de toute société. A merveille,
dit Carnéade! Doctrine révoltante, plus sage pourtant que
celle de notre Lucius ou de Patron qui, rapportant tout à

eux-mêmes, convaincus que rien n'existe pour les autres, et prétendant que l'homme de bien n'a qu'une chose à faire, c'est-à-dire d'éviter le mal sans se préoccuper de ce qui est naturellement bien, ne comprennent pas qu'ils parlent d'un homme rusé et non d'un homme vertueux. Mais ces considérations sont, je présume, dans les livres dont l'éloge, que tu en as fait, m'a rendu le courage.

[Sur ce point je suis d'avis qu'une justice inquiète et dangereuse n'est pas le fait d'un sage.]

XXVIII. [.... La vertu veut franchement la gloire, et il n'y a pas d'autre récompense pour la vertu : toutefois elle la reçoit avec plaisir et l'exige sans amertume..... Quels trésors offrirais-tu à l'homme vertueux? quels empires? quels royaumes? Il regarde ces biens comme mortels, et ceux qu'il possède comme divins. Et si l'ingratitude générale, ou l'envie particulière, ou quelque puissance ennemie dépouille la vertu de ses récompenses, elle a, certes, de nombreuses consolations qui la relèvent, et surtout elle se soutient par sa propre beauté.]

[Témoin Hercule, que sa haute vertu, de même que l'Africain, fait placer au rang des dieux.]

[Hercule et Romulus, au sortir de la vie humaine, ont été faits dieux : or, ce ne sont pas leurs corps qui ont été ravis au ciel; les lois de la nature ne permettraient pas que ce qui est formé de la terre ne demeurât pas à terre.]

[Mais on voit que les hommes de cœur ont toujours reçu le prix de leur courage, de leur activité et de leur patience.]

[Autrement, le consul aurait eu tort de dédaigner les largesses de Pyrrhus, et les trésors des Samnites manquèrent à Curius.]

[Notre Caton, quand il venait chez lui, au pays des Sabins, allait visiter, comme il le dit lui-même, le foyer où était assis cet homme de bien, quand il renvoya les présents des Samnites, naguère ses ennemis et désormais ses clients.]

XXIX. [A son retour d'Asie], Tibérius Gracchus persévéra dans la justice à l'égard de ses concitoyens, mais il dédaigna les droits et les traités garantis à nos alliés et aux peuples de nom latin. Si cette habitude et cette usurpation s'étend plus loin, si elle fait passer notre autorité du droit à

la force, de sorte que ceux qui nous obéissent encore de
leur gré ne soient tenus que par la crainte, peut-être nos
veilles auront-elles suffi au salut de la génération qui est la
nôtre ; mais j'ai souci de nos descendants et de l'immortalité
de notre république : elle pouvait être éternelle, en conservant les institutions nationales et les mœurs de nos
aïeux.

XXX. [A ces paroles de Lélius, tous ceux qui étaient
là montraient le plaisir extrême qu'il leur avait causé ;
mais Scipion, plus que tous les autres, comme ravi de
joie : Tu as plaidé bien des causes, Lélius, s'écria-t-il,
et avec tant de talent que je te comparais volontiers,
non-seulement à Servius Galba, notre collègue, préféré par
toi, durant sa vie, à tous les autres orateurs, mais à n'importe quel orateur attique pour la suavité du langage, aujourd'hui. . . . .

[Aussi, pour parler en public et sur le forum, il ne [t'a]
manqué que deux choses, la hardiesse et la voix.]

[Les gémissements des hommes enfermés imitaient les mu-
gissements du taureau [1].]

XXXI. . . . . Comment appeler chose du peuple, c'est-à-dire
république, une cité [Agrigente] où tout le monde était opprimé par la cruauté d'un seul, où il n'y avait plus de lien
légal, plus de consentement, de société, d'unité, ce qui fait
un peuple ?

Il en est de même de Syracuse. Cette ville magnifique
que Timée [2] appelle la plus grande des cités grecques et
la plus belle de toutes, cette citadelle admirable, ces ports
qui entraient jusque dans l'intérieur de la ville dont ils bai-
gnaient les quais, ces rues larges, ces portiques, ces temples, ces murs, ne faisaient pas que ce fût une république
tant que régnait Denys : rien n'était au peuple, et le peuple
était à un seul. Ainsi, partout où il y a un tyran, non-seulement la chose publique est défectueuse, comme je le disais

---

1. Allusion au taureau de Phalaris, tyran d'Agrigente. Cicéron en
parle à diverses reprises dans ses écrits ; notamment dans le *Traité
des Devoirs* et le *Discours contre Verrès*.

2. Timée de Tauroménium, qu'il ne faut pas confondre avec
le philosophe Timée de Locres, fut un historien grec, fort estimé
de Cicéron, conteur amusant, écrivain spirituel. On louait surtout
son *Histoire de la Sicile*, dont il ne reste que des fragments.

hier, mais, comme la raison le veut, il faut dire qu'il n'y a point là de chose publique.

XXXII. C'est fort bien dit, repartit Lélius, et je vois maintenant où va ce discours. — *Scipion*. Tu vois alors qu'une cité qui est au pouvoir d'une faction ne peut être appelée vraiment une république. — *Lélius*. C'est tout à fait mon avis. — *Scipion*. Et tu as raison. En effet, que fut la ville d'Athènes, lorsque, après la grande guerre du Péloponnèse, elle se trouva sous l'injuste domination des Trente? Est-ce que la vieille gloire de cette cité, le bel aspect de ses édifices, son théâtre, ses gymnases, ses portiques, ses fameux Propylées, son Acropole, les œuvres merveilleuses de Phidias, le port magnifique du Pirée, en faisaient une république? — Nullement, dit Lélius; parce qu'il n'y avait point là la chose du peuple. — *Scipion*. Et qu'était-ce à Rome, quand il y eut des décemvirs investis d'un pouvoir sans appel, la troisième année de leur domination, lorsque la liberté elle-même fut mise sous le séquestre? — *Lélius*. Il n'y a point non plus de chose du peuple, mais le peuple agit bientôt pour la reconquérir.

XXXIII. *Scipion*. Je viens maintenant à cette troisième forme de gouvernement, où l'on verra peut-être certaines difficultés, j'entends le gouvernement où l'on dit que le peuple a tout pouvoir, quand la multitude inflige à son gré les supplices, enlève, saisit, garde et dissipe comme elle veut, peux-tu, Lélius, dire qu'il n'y a pas là une république, tout dépendant du peuple, puisque nous prétendons que la chose publique c'est la chose du peuple? — Alors Lélius : Non, il n'est pas d'État auquel je refuse plus promptement le nom de chose publique qu'à celui qui est placé tout entier au pouvoir de la multitude. C'est ainsi que je n'admettais pas qu'il y eût de république à Syracuse, à Agrigente, à Athènes, sous les Trente tyrans, à Rome, sous les décemvirs. Je ne vois pas, en effet, comment le nom de république pourrait s'appliquer davantage au despotisme de la foule; d'abord, parce que, suivant ton excellente définition, Africain, il n'existe pas de peuple pour moi, s'il n'est contenu par le consentement à la loi : or, cette collection d'hommes est aussi bien un tyran que s'il n'y en avait qu'un seul, et même un tyran d'autant plus hideux, qu'il n'y a rien de plus féroce que la bête qui prend la forme et le nom de peuple. Et lorsque nos lois placent les biens des fous sous la tutelle des agnats [parce qu'ils ne peuvent les gérer, il n'est pas juste de laisser la multitude maîtresse absolue de tout faire]. . . . .

XXXIV. On pourrait dire [qu'une sage aristocratie] mérite le nom de république, de chose du peuple, comme on l'a dit de la monarchie. Et avec bien plus de raison, repartit Mummius ; car le roi est bien plus porté à devenir despote, vu qu'il est seul ; tandis que, quand plusieurs hommes de bien exercent le pouvoir, il ne se peut rien de plus heureux. Toutefois, j'aime mieux la monarchie que la liberté populaire ; car il te reste encore à examiner cette troisième forme de mauvais gouvernement.

XXXV. Alors Scipion : Je reconnais ici, Spurius, ton aversion bien connue pour le gouvernement populaire ; et, quoiqu'on puisse le traiter avec moins de rigueur que tu ne le fais d'habitude, je t'accorde cependant que des trois formes de gouvernement, il n'en est aucune qui soit moins digne d'approbation. Pourtant, je ne t'accorde pas que les optimates vaillent mieux qu'un roi. Car si tu supposes que la sagesse gouverne la république, qu'importe qu'elle réside dans un seul ou dans plusieurs? Mais nous sommes la dupe d'une erreur dans notre discussion. Quand nous donnons à des hommes le nom d'optimates, il ne se peut rien voir de préférable. Car que peut-on préférer à ce qui est excellent. Puis, quand nous faisons mention d'un roi, aussitôt se présente à l'esprit l'idée d'un roi injuste : or, nous ne parlons nullement d'un roi injuste, quand nous nous livrons à nos recherches sur le gouvernement royal. Ainsi, songe à Romulus, à Numa Pompilius et à Tullus, quand tu prononces le nom de roi, et peut-être seras-tu moins prévenu contre cette forme de république. —*Mummius.* Quel mérite laisses-tu donc alors au gouvernement démocratique? —*Scipion.* Je te le demande, Spurius, l'île de Rhodes, où nous avons été naguère ensemble, te paraît-elle une république? — *Mummius.* Assurément, et même presque irréprochable. — *Scipion.* Tu as raison ; mais, si tu te le rappelles, tous les citoyens faisaient également partie du peuple et du sénat, et ils passaient alternativement quelques mois, soit dans leurs fonctions populaires, soit dans leurs fonctions sénatoriales : des deux côtés, ils recevaient un droit de séance ; les mêmes hommes, sur le théâtre et dans le sénat, connaissaient des accusations capitales et de toutes les autres affaires : puissance égale, égale estime pour la multitude et pour le sénat.....

Fragments sans place déterminée.

[Il y a dans les individus je ne sais quel principe turbulent qui se laisse emporter au plaisir ou abattre par la douleur.]

[Les Phéniciens les premiers, par leur commerce et leurs marchandises, exportèrent dans la Grèce la cupidité, le luxe et le désir inassouvi de toutes les richesses.]

[Ce Sardanapale, plus hideux encore par ses vices que par son nom même.]

[Que signifie cette clause absurde? C'est vouloir tailler le mont Athos en forme de monument [1]. Et qu'est-ce que l'Athos ou l'Olympe ?]

[Une république ne peut exister sans la justice; où il n'y a pas de vraie justice, il n'y a pas de droit. Car ce qui se fait par droit, se fait justement, et ce qui se fait injustement ne peut se faire par droit. En effet, on ne peut appeler ni réputer droits les constitutions injustes des hommes, puisqu'ils donnent eux-mêmes le nom de droit à ce qui émane des sources de la justice, et qu'ils considèrent comme faux ce que disent souvent des hommes qui ne voient pas juste, à savoir que le droit est ce qui est utile à celui qui peut le plus. Conséquemment, où il n'y a pas de vraie justice, il ne peut y avoir de société humaine unie par le consentement du droit, et par suite pas de peuple; et s'il n'y a pas un peuple, il n'y a pas de chose du peuple, mais une multitude quelconque, indigne du nom de peuple. Cela étant, s'il

---

1. Allusion probable au fait mentionné par Plutarque, *Alexandre*, 72 : Un jour Alexandre devisant avec l'ingénieur Stasicrate, celui-ci luy dit que de toutes les montagnes qu'il cognoissoit au monde, il n'y en avoit point qui fust plus propre à former en figure de l'homme, qu'estoit le mont d'Atho en la Thrace, et que, s'il vouloit, il luy en feroit la plus noble et la plus durable statue, qui onques eust esté au monde, laquelle en sa main gauche tiendroit une ville habitable de dix mille personnes et de la droite verseroit une grosse rivière en la mer : toutefois Alexandre n'y voulut point entendre. (*Traduction d'Amyot.*)

n'y a ni chose publique, ni chose du peuple, ni peuple uni
par le consentement du droit, il n'y a pas de droit, puisqu'il
n'y a pas de justice; d'où l'on doit conclure sans conteste
que, où il n'y a pas de justice, il n'y a pas de république.
Or, la justice est cette vertu qui distribue à chacun ce qui
est à chacun.]

LIVRE IV.

Une cité étant une société d'hommes fondée sur la justice, les mœurs
y occupent une place qu'il est d'un sage législateur de déterminer
et d'étendre. Provoquer au bien et détourner du mal, tel paraît
être le caractère de la direction morale imprimée par l'homme
d'État. Toutefois il appartient aux magistrats seuls de réprimer les
vices et les travers ; les poëtes comiques ne doivent point usurper
ce droit, et les Romains n'ont jamais toléré chez eux la licence
des comédies grecques.

I. [« J'essayerai, puisqu'il est question de l'âme et du corps,
d'expliquer, autant que le perçoit la faiblesse de mon intelligence, la distinction essentielle qu'il y a entre l'une et
l'autre. Je crois devoir d'autant plus m'acquitter de ce soin,
que Cicéron, homme d'un génie éminent, ayant essayé de le
faire dans son quatrième livre de la *République*, a enfermé
ce vaste sujet dans de courtes limites et s'est contenté de
l'effleurer. Et pour qu'il n'y eût aucune excuse sur la manière
dont il a traité la question, il déclare lui-même qu'il n'y a
épargné ni le bon vouloir, ni le soin. Ensuite, dans son premier livre des *Lois*, comme il ne fait que toucher ce sujet
en passant, il dit: « Il me semble que Scipion a suffisamment traité cette matière dans les livres que vous avez
lus. »] *Lactance.*
    [L'âme qui voit l'avenir, se souvient du passé.]
    [S'il n'y a personne qui n'aimât mieux mourir que d'être
changé en bête, tout en conservant l'intelligence de l'homme,
combien n'est-ce pas plus malheureux d'avoir une âme bes-
tiale sous une figure humaine? Cette condition me paraît
misérable de toute la distance qui place l'âme au-dessus du
corps.]

[Je ne puis croire que le bien soit le même pour un bélier ou pour Scipion l'Africain.]

[La terre, par son interposition, produit l'ombre et la nuit, qui sert à la fois à compter le nombre des jours et à procurer le repos du travail.]

[En automne [le soleil?] ouvre la terre pour recevoir la semence des grains; en hiver, il lui donne du relâche pour préparer la confection des produits; en été, il adoucit les uns par la maturité et cuit les autres par la chaleur.]

II. ..... Avec quelle convenance on avait établi la distinction par ordres, par âges, par classes, puis l'ordre équestre, où sont les suffrages, puis le sénat! Trop de gens ont maintenant la folie de vouloir détruire cette institution utile, dans la pensée qu'un plébiscite ferait rentrer quelques fonds au trésor par la vente des chevaux.

III. Considérez maintenant quelles sages mesures prises pour assurer aux citoyens une vie sociale pleine de bonheur et de pureté : tel est, en effet, le premier but de la société et ce qui doit résulter pour les hommes d'une république fondée sur les coutumes et sur les lois. D'abord, en ce qui a trait à l'éducation des enfants de condition libre, objet des soins inutiles des Grecs, et le seul point sur lequel Polybe, notre hôte, accuse la négligence de nos institutions, les Romains ont voulu que cette éducation ne fût ni fixée, ni déterminée par les lois, ni donnée publiquement, ni la même pour tous. ....

[A ceux qui étaient en âge de porter les armes on donnait des surveillants qui les dirigeaient la première année.]

[.... Et non pas comme à Sparte, où les enfants apprennent à dérober et à voler.]

IV. [.... Chez les Grecs], quelle folie dans les exercices des gymnases! quelle frivolité dans la préparation des éphèbes aux travaux guerriers!.....

V. [Alors Lélius : Je comprends parfaitement, Scipion, que, au sujet de ces institutions grecques, dont tu fais la censure, tu aimes mieux attaquer les peuples les plus renommés que de lutter avec ton cher Platon; tu ne l'effleures même pas : d'autant plus que sur bien des points il tombe dans de si graves erreurs, que personne ne s'est trompé d'une manière plus dangereuse, par exemple, lorsque dans sa *République* il veut que tout soit commun. Pour les patrimoines, cela est tolérable, quoique injuste; car il n'y a dommage pour personne, s'il a plus par son activité, ni avantage, s'il a moins par sa faute ; en sorte que, comme je l'ai dit, la chose peut se supporter. Mais les femmes, les enfants, seront-ils communs ? non, car il n'y aura plus aucune distinction de sang, plus de famille certaine, plus de parentés, plus d'affinités ; tout, comme dans les troupeaux, sera confus, mêlé, sans retenue chez les hommes, sans chasteté chez les femmes. Où trouver l'amour conjugal dans des liens qui n'ont rien de fixe ni de personnel ? Et la piété filiale où l'on ne sait de qui l'on est fils ?.... Platon va plus loin, il ouvre aux femmes le sénat ; il leur confie des commandements militaires, des magistratures, des gouvernements. Quel malheur pour une cité dans laquelle les femmes s'acquitteront des offices réservés à l'homme !]

[Et notre Platon, plus encore que Lycurgue, qui veut que tout absolument soit en commun, afin que pas un citoyen ne puisse dire qu'une chose lui appartient ou est à lui.]

{Je fais comme lui : je renvoie Homère, couronné de fleurs et couvert de parfums, de la république dont il s'est figuré l'idéal.]

VI. [La condamnation prononcée par le censeur n'inflige que de la honte au condamné, de sorte que comme cette flétrissure n'est qu'une pénalité nominale, on donne à ce châtiment le nom d'ignominie.]

[Aussi, dans les premiers temps, les citoyens avaient horreur de la sévérité de ces magistrats.]

[Mais n'établissons pas un magistrat qui veille sur les femmes, comme chez les Grecs[1] ; que le censeur apprenne aux maris à gouverner leurs épouses.]

[Ainsi, les habitudes de réserve ont une grande force : toutes les femmes s'abstiennent de vin.]

[Si quelque femme faisait parler d'elle, ses parents eux-mêmes lui refusaient leurs baisers.]

---

1. C'est le *gynécosme* ou *gynéconome*, qui forçait les femmes à se parer d'une manière décente. La rigueur de cette magistrature était extrême ; le gynécosine imposait une amende de mille drachmes (près de mille francs) aux personnes mal coiffées ou mal vêtues, puis il inscrivait leur nom dans un tableau exposé aux yeux du peuple, en sorte que l'infamie de la chose excédait la grandeur même du châtiment ; car les femmes dont le nom avait paru dans un tel catalogue étaient à jamais perdues dans l'esprit des Grecs. On peut voir Plutarque, *Solon*, 21.

[Le mot pétulance vient de *petere,* demander, et de *procari,* provoquer, vient le nom que nous donnons à l'effronterie.]

VII. [Je ne veux pas que le même peuple soit le souverain et le péager du monde. Cependant je crois que dans les familles privées, aussi bien que dans la république, l'économie est un revenu.]

[Le nom même de *foi* me paraît venir de ce qu'on *fait* ce qu'on dit.]

[Dans un citoyen haut placé, dans un homme d'illustre naissance, l'obséquiosité, l'ostentation, l'ambition sont la marque d'un petit esprit.]

[.... Jamais l'homme de bien ne doit cesser ni se fatiguer de servir sa patrie.... On ne peut trop louer la frugalité, la continence, le respect du lien conjugal, la chasteté, l'honnêteté, la probité de la conduite.]

VIII. [J'admire non-seulement la convenance de la pensée, mais la rigueur élégante de l'expression. Quand on dit : ils ont un différend, on entend par ce mot différend un débat entre personnes bien intentionnées et non pas une lutte entre ennemis. Le législateur pense donc qu'entre les voisins, il y a différend et non pas lutte acharnée.]

[Les soins de l'homme cessent avec la vie : le droit pontifical protége la sainteté des tombeaux.]

[Les Athéniens] mirent à mort, malgré leur innocence, les stratéges qui avaient laissé sans sépulture les corps qu'ils n'avaient pu recueillir du milieu des flots à cause de la violence de la tempête [1].]

[Et dans cette discussion, je n'ai pas pris en main la cause du peuple, mais celle des gens de bien.]

[Car on ne résiste pas facilement au peuple devenu puissant, soit qu'on ne lui accorde aucun droit, soit qu'on lui en accorde trop peu.]

[Plût aux dieux que j'eusse été un bon, un fidèle, un clairvoyant augure !]

IX. [.... Et les poëtes ? Ils ont pour eux les cris et les suffrages du peuple, sage et beau précepteur sans doute] Que de ténèbres ils répandent ! que de terreurs ils inspirent ! que de passions ils enflamment !]

_____

1. Après le combat des Arginuses, voyez Xénophon, *Histoire grecque,* livre I, chap. VII.

[.... Si ma vie était doublée, je n'aurais pas assez de temps pour lire les poëtes lyriques [des Grecs].]

X. [Chez nous] la profession d'acteur, ainsi que tout ce qui se rattache à la scène, est réputée si déshonorante que non-seulement elle entraîne pour cette espèce d'hommes la privation des droits civiques, mais l'exclusion de la tribu, d'après la note du censeur [1].]

[Jamais la comédie, si l'habitude des mœurs publiques ne l'eût souffert, n'aurait pu faire goûter ses infamies sur les théâtres. Les anciens Grecs mêmes avaient été conséquents à leur opinion erronée en accordant par une loi à la comédie le droit de dire ce qu'elle voudrait, de qui elle voudrait, et en nommant par le nom [2]..... Qui n'a-t-elle pas atteint? ou plutôt qui n'a-t-elle pas déchiré? à qui a-t-elle fait grâce? Passe encore, quand elle a blessé des démagogues dangereux, des hommes faisant sédition dans l'État, un Cléon, un Cléophon, un Hyperbolus [3]! Permettons-le, quoique pour de tels citoyens la note du censeur soit préférable à celle du poëte. Mais que Périclès, qui gouvernait sa ville natale depuis tant d'années avec une autorité souveraine, en paix comme en guerre, fût outragé dans des vers et qu'on les débitât sur la scène, cela n'était pas moins inconvenant que si chez nous Plaute ou Névius [4] eût songé

1. Cette sévérité souffrait une exception pour ceux qui jouaient dans les pièces nommées *Atellanes*. Voyez Valère Maxime, livre II, chap. iv, § 4, fin.

2. La comédie chez les Grecs passa par trois phases distinctes : la *vieille* comédie, la *moyenne* et la *nouvelle*, ou, pour mieux caractériser chacune d'elles, la comédie de *personnalité*, d'*allusion* et de *mœurs*. Aristophane est le représentant de la première; Diphile de la seconde, Ménandre de la troisième.

3. Cléon, démagogue éloquent, mais brouillon, dont Aristophane s'est moqué dans les *Acharniens* et dans les *Chevaliers*. — Cléophon, autre démagogue, dont Plutarque dit dans ses *Préceptes d'administration*, chap. x, que c'était un de ces « méchants hommes qui, par une audace téméraire et par ruzes et cautelles mettent soubs eux toute une cité, comme estoient anciennement un Cléon et un Cléophon à Athènes, pour la ruiner et renverser. » — Hyperbolus, Athénien décrié, qui servait de point de mire aux plaisanteries des poëtes comiques. Il fut condamné à l'ostracisme, et depuis lors ce bannissement n'eut plus lieu à Athènes, parce qu'on le regarda comme profané par la condamnation d'Hyperbolus.

4. Le fait que Cicéron donne comme éventuel arriva réellement. Névius dirigea ses traits caustiques sur Scipion l'Africain, qui les mé-

à médire de Publius et de Cnéius Scipion, ou Cécilius de Marcus Caton..... Nos lois des Douze Tables, au contraire, qui ne prononcent la peine capitale que dans un très-petit nombre de délits, ont cru devoir la décréter contre les hommes accusés d'avoir récité ou composé des vers capables d'attirer sur autrui le déshonneur ou l'infamie. Et c'est justice; car notre vie doit être soumise à la sentence des magistrats et à leurs enquêtes légitimes, mais non pas aux caprices des poëtes, et nous ne devons entendre d'injure qu'avec le droit d'y répondre et de nous défendre devant les juges. ..... Les anciens Romains n'ont jamais aimé qu'un homme vivant fût loué ou blâmé sur la scène.]

XI. [La comédie est l'imitation de la vie, le miroir de la coutume, l'image de la vérité.]

[Eschine d'Athènes, homme très-éloquent, après avoir joué des tragédies dans sa jeunesse, n'en fut pas moins chargé des affaires publiques, et Aristodème, acteur tragique également, fut envoyé plus d'une fois en députation à Philippe par les Athéniens, afin de traiter d'affaires importantes, soit pour la paix, soit pour la guerre.]

[Les plus âgés dans les festins chantaient, accompagnés de la flûte, les belles actions de leurs ancêtres mises en vers, afin de rendre la jeunesse plus ardente à les imiter.]

----●----

LIVRE V.

Autant qu'il est permis de le conjecturer par les courts fragments qui en restent, Scipion traçait dans ce livre l'image d'une cité parfaite et celle du premier magistrat chargé de la gouverner.

I. «Non-seulement la république romaine était devenue alors très-mauvaise et très-corrompue, mais elle n'existait plus, ainsi qu'on le voit par la discussion sur la république à laquelle prennent part les premiers personnages de ce temps, et comme le donne à entendre Cicéron, non pas par la bouche de Scipion ou de tout autre, mais en son propre nom, au

prisa; mais les sarcasmes du poëte ayant offensé, quelque temps après, la puissante famille des Métellus, il fut exilé en Afrique, où il mourut. On peut voir Aula-Gelle, *Nuits attiques*, livre III, chap. III.

commencement du cinquième livre, où il cite ce vers d'Ennius :

Les mœurs et les héros font la force de Rome.

Ce vers, par sa brièveté et par sa vérité, me semble sorti de
la bouche de quelque oracle : car ni les héros, si la cité n'a-
vait eu de telles mœurs, ni les mœurs, si de tels héros n'a-
vaient été à la tête des affaires, n'auraient pu fonder ou
maintenir pendant si longtemps une république si grande,
une domination si juste et si étendue. Aussi, avant notre
époque, nos habitudes héréditaires appelaient au pouvoir
des hommes d'élite, et ces hommes éminents maintenaient
les vieilles coutumes et les institutions de nos aïeux. Notre
siècle, au contraire, recevant la république comme un tableau magnifique, dont la beauté toutefois commençait à
vieillir, non-seulement a négligé d'en renouveler les couleurs
primitives, mais n'a pas même songé à en conserver au
moins le dessin et, pour ainsi dire, les contours. Que reste-
t-il, en effet, de ces mœurs antiques, qui sont, selon le
poëte, la force même de Rome? Nous les voyons ensevelies
dans un si profond oubli que, loin de les pratiquer, on ne
les connaît plus. Et les héros, qu'en dirai-je? Les mœurs
n'ont péri que par le manque de grands hommes : stérilité
funeste dont nous n'avons pas seulement à rendre compte,
mais pour laquelle nous méritons qu'on nous poursuive
comme coupables d'un crime capital ; car c'est par nos vices,
et non par quelque coup du sort, que, tout en conservant
encore le nom de république, nous en avons depuis longtemps
perdu la réalité. Voilà ce qu'avouait Cicéron, longtemps après
la mort de l'Africain, qu'il a fait intervenir dans sa discussion sur la république. »] *Saint Augustin.*

[Le droit civil pendant plusieurs siècles était resté caché
parmi les choses saintes et les cérémonies des dieux, et
n'était connu que des seuls pontifes. Cn. Flavius, fils d'un
père affranchi et greffier de son état, devenu édile curule à
la grande indignation de la noblesse, révéla les fastes et les
exposa, pour ainsi dire, en plein forum [1].]

II. [Ils croyaient qu'] il n'y a rien de plus royal que
l'explication des règles de l'équité, sur laquelle repose

____

1. L'an 459 de Rome, 295 avant J. C.

l'interprétation du droit : interprétation que les particuliers allaient demander aux rois eux-mêmes. Voilà pourquoi des terres, des champs, des bois, de vastes et gras pâturages étaient réservés comme domaines royaux et cultivés, sans travail ni soin de la part des rois, afin que nul souci de leurs affaires personnelles ne les détournât des intérêts du peuple. Jamais homme privé n'était juge ni arbitre dans aucun procès; tout se terminait par des sentences royales. Pour ma part, notre Numa me paraît avoir observé le mieux ce vieil usage des rois de la Grèce. Les autres, en effet, bien qu'ils se soient acquittés aussi de ce devoir, ont fait plus souvent la guerre et en ont observé les droits. Mais cette longue paix de Numa fut pour notre cité la mère du droit et de la religion : ce roi même avait écrit des lois qui, vous le savez, existent encore, et c'est là le caractère distinctif du citoyen dont nous parlons [1]. . . . . .

III. [Cependant, comme à tout bon père de famille, il est nécessaire d'avoir une certaine habitude de cultiver la terre, de bâtir, de compter.]

. . . . . *Scipion.* [Qu'un fermier] connaisse la nature des plantes et des semences, cela te choquerait-il? — *Mummius.* Pas du tout, pourvu que l'ouvrage se fasse. — *Scipion.* Mais crois-tu que ce genre d'étude convienne à un fermier? — *Mummius.* Non, car très-souvent la culture languirait, faute de travail. — *Scipion.* Eh bien, de même qu'un fermier connaît la nature d'un champ, qu'un intendant sait écrire, et que tous les deux ne se font pas un plaisir de cette notion, mais une occupation utile ; ainsi notre homme d'État, tout en ayant étudié le droit et la jurisprudence, dont il aura bien approfondi les sources, n'ira pas s'embarrasser dans les consultations, les lectures, les discussions écrites, afin de pouvoir gérer convenablement la république et en être, pour ainsi dire, le fermier. Très-habile dans ce droit absolu, sans lequel personne ne peut être juste, il sera également versé dans le droit civil, mais comme le pilote use de l'astronomie et le médecin de la physique : chacun d'eux, en effet, se sert de ces connaissances au profit de son art, mais ne s'en laisse point détourner. Notre homme aura donc à songer à cela. . . . .

IV. . . . . . Ce sont des cités où les bons ambitionnent la gloire

---

1. Comparez plus haut, livre II, chap. xl.

et l'estime, et fuient l'ignominie et le déshonneur. En effet, de tels hommes sont moins effrayés par les menaces et les punitions édictées par la loi que par la honte dont la nature a doué l'homme, c'est-à-dire par la crainte d'un blâme légitime. L'homme placé à la tête d'une république fortifie ce sentiment par l'opinion, et le perfectionne par les institutions et par les mœurs, en sorte que les citoyens soient détournés de faillir plus par la honte que par la crainte. Au reste, ces réflexions, qui se rattachent à la gloire, ont pu trouver ailleurs plus d'étendue et de développement[1].

V. Quant à la vie privée et aux mœurs de la cité, il y est pourvu par la sainteté des mariages, la légitimité des enfants, la consécration du foyer, auquel sont assis les Pénates et les Lares familiers, de manière à ce que chaque citoyen ait sa part dans les avantages publics et la jouissance assurée de ses biens particuliers, tandis qu'on ne saurait vivre heureux sans un bon état social, vu qu'il n'y a rien de plus fortuné qu'une république bien ordonnée. Aussi je m'étonne de voir quelle diversité il existe. . . . .

VI. . . . . . [De même que le pilote se propose une heureuse traversée, le médecin la santé, le général la victoire, ainsi l'homme qui conduit la république a devant les yeux le bonheur de ses concitoyens ; il veut l'État appuyé sur la force, enrichi par l'abondance, illustré par la gloire, ennobli par la vertu : telle est l'œuvre belle et grande que je veux qu'il accomplisse parmi les hommes.]

[Mais où voyez-vous que vos lettres aient fait l'éloge de ce chef dévoué à la patrie, qui prend plus conseil de l'intérêt du peuple que de sa volonté?]

VII. [. . . . Ce chef de la cité doit être nourri de gloire : et nos aïeux ont eu cette noble et merveilleuse passion.]

[. . . . Une cité ne peut durer que quand chacun y fait honneur au chef de l'État.]

[Cette gloire, on ne l'acquiert que par la vertu, le travail, une vie active, ce fier emportement que la nature inspire aux âmes bien placées.]

[Cette vertu prend le nom de courage : c'est de la grandeur d'âme mêlée à un souverain mépris de la douleur et de la mort.]

---

1. Cicéron avait écrit un traité sur la *Gloire*. Cet ouvrage, divisé en deux livres et composé l'an 44 avant J. C., n'est point parvenu jusqu'à nous. On peut voir *Lettres à Atticus*, XV, 27.

VIII. [Marcellus était bouillant, toujours prêt à se battre : Fabius Maximus, lent et circonspect.]

[Annibal] reconnut bien vite cette violence, cet emportement fougueux.]

[. . . . . parce qu'il aurait pu faire peser sur vos familles les désagréments de sa vieillesse.]

IX. [Comme on reconnaissait dans le Lacédémonien Ménélas une suave douceur de langage.]

[Il faut qu'il soit bref dans ses discours.]

[La religion du juge ne doit pas être surprise par la perfidie de ces artifices. Comme il n'y a rien dans la république qui doive être plus incorruptible que le suffrage et le vote, je ne comprends pas pourquoi, lorsque la corruption par l'argent est punie, celle que l'on exerce par l'éloquence est glorifiée. A mes yeux, celui qui corrompt le juge par l'éloquence fait plus de mal que celui qui le corrompt à prix d'or, parce qu'on ne peut corrompre avec de l'argent quiconque ne le veut pas et qu'on le peut par l'éloquence.]

[Quand Scipion eut ainsi parlé, Mummius l'approuva fort, car il avait dans l'âme un fond de haine contre les rhéteurs.]

LIVRE VI.

Cicéron semble s'être proposé, dans ce livre, de montrer quelle est la récompense réservée au citoyen qui a gouverné avec sagesse la république confiée à ses vertus. Pour en donner une idée frappante, il retrace un songe, où Scipion Émilien, transporté dans les régions hypercosmiques, est initié, par la bouche de son aïeul, le premier Africain, aux mystères de la vie future. Après avoir tracé le spectacle des sphères célestes et de leurs mouvements, Cicéron suppose que Publius révèle au jeune Scipion l'heure de sa mort et la trahison de ses proches, l'engageant ainsi à faire peu de cas de cette vie mortelle et éphémère. Puis, afin de relever son courage, que devait affaiblir une telle prédiction, il lui annonce que, pour le sage et pour le bon citoyen, notre existence ici-bas est la route qui conduit à l'immortalité. Au moment où l'attente d'une aussi haute récompense enflamme son petit-fils au point de lui faire désirer la mort, celui-ci voit arriver Paulus, son père, qui emploie les raisons les plus propres à le dissuader de hâter l'instant de son bonheur par une mort volontaire. Quand son âme est ainsi disposée à la contemplation des choses divines, vers lesquelles son aïeul veut qu'il dirige sa vue, il l'instruit sur la nature, le mouvement, l'harmonie des corps célestes, merveilles dont la jouissance est réservée à la vertu. Émilien puise de nouvelles forces dans l'enthousiasme qu'une telle promesse lui fait éprouver. C'est ce moment que choisit son grand-père pour lui inspirer le mépris de la gloire terrestre, resserrée par l'espace et par le temps. Ainsi dépouillé de son enveloppe mortelle, et en quelque sorte spiritualisé, le jeune Scipion est jugé digne d'être admis à l'important secret de se regarder comme une portion de la divinité.

I. [Tu attends donc de cet homme d'État toute espèce de prudence, qualité qui prend son nom même du mot prévoir[1].]

[.... Ce chef de l'État doit être un homme d'élite, très-instruit, sage, juste, tempérant et d'une éloquence qui lui permette d'exprimer facilement ses idées pour agir sur le peuple. Il doit aussi savoir le droit, connaître les lettres grecques. C'est ce que prouve le fait même de Caton, qui, en étudiant les lettres grecques dans son extrême vieillesse, montra combien il les jugeait utiles.]

[Par conséquent, il faut que ce citoyen soit toujours armé contre tout ce qui peut troubler l'état de la cité.]

[La dissension des citoyens qui s'en vont séparément, les uns du côté des autres, s'appelle sédition[2].]

[Or, dans une dissidence politique, comme les bons valent mieux que les plus nombreux, je crois qu'il faut peser les citoyens et non pas les compter.]

[Les passions, qui exercent un funeste empire sur les pensées, leur inspirent une infinité d'ordres et de contraintes; et, ne pouvant se rassasier ni s'assouvir, elles poussent à tous les crimes ceux qu'elles ont enivrés de leurs attraits.]

II. [Et cela fut d'autant plus noble que, étant collègues dans une même situation, non-seulement ils n'étaient pas en butte à la même jalousie, mais la popularité de Gracchus détournait la jalousie acharnée contre Claudius[3].]

[Scipion] se montra dans ce discours le modèle accompli

1. *Providendo, providentia,* d'où *prudentia.*
2. *Seditio,* de *seorsum,* séparément.
3. Il s'agit sans doute ici d'Appius Claudius, beau-père de Tibérius Gracchus, nommé avec lui triumvir *de dividendis agris.*

des optimates et des nobles, et il l'exhala comme le triste et solennel adieu de sa sagesse[1].]

[En sorte que, chaque jour, mille hommes couverts de manteaux de pourpre descendaient sur le forum.]

[Vous vous rappelez qu'il y eut là un concours de cette foule aux impressions si mobiles, et que les funérailles furent célébrées avec l'argent recueilli au même instant.]

[Nos ancêtres ont voulu que les mariages fussent solidement établis.]

[Il y a un discours de Lélius, que nous avons tous sous la main, où il dit combien sont agréables aux dieux immortels les vases à mettre les liqueurs sacrées et les coupes de Samos.]

III. [«Cicéron, dans son traité *de la République,* imite Platon, qui suppose qu'Her de Pamphylie] ayant été placé sur le bûcher, revint à la vie et raconta beaucoup de faits mystérieux des enfers : il n'a pas, comme Platon, recours à une légende fabuleuse, mais il imagine un rêve raisonnable et ingénieux, où il nous donne à entendre que ce qu'on dit de l'immortalité de l'âme et du ciel ne sont ni des inventions de philosophes qui rêvent, ni des fables incroyables dont se moquent les épicuriens , mais des conjectures d'hommes éclairés. Cicéron suppose que l'illustre Scipion qui, par la prise de Carthage a fait entrer dans sa famille le surnom d'Africain, révèle à Scipion, fils de Paul Émile, les embûches des siens et le terme fatal de sa carrière, resserrée par la nécessité des nombres dans l'espace d'une vie déterminée, et lui explique comment, parvenu à l'âge de cinquante-six ans, c'est-à-dire à la combinaison de deux nombres, il rendra au ciel l'âme qu'il a reçue du ciel.... »] *Favonius Eulogius.*

IV. [«Quelques-uns des nôtres, admirateurs de Platon, disent que ses idées, revêtues d'un style admirable et mêlées à des vérités incontestables, sont conformes au dogme de la résurrection des âmes. Cependant Cicéron, dans sa *République,* faisant allusion à cette fiction, donne à entendre que Platon s'est plutôt joué dans une composition imaginaire qu'il n'a prétendu dire la vérité. En effet, il suppose qu'un homme est revenu sur la terre et fait un récit d'accord avec les théories platoniciennes. »] *Saint Augustin.*

1. Allusion probable au Songe de Scipion que nous verrons plus loin.

V. [Aux idées de résurrection qui lui sont fournies par Platon sur l'état des âmes dépouillées de leurs corps, [Scipion] ajoute une description des sphères et des astres, qui lui a été suggérée durant son sommeil.]

VI. [«Après avoir établi que dans la république, en paix comme en guerre, le principe souverain c'est la justice, [Scipion] couronne sa discussion en décrivant le séjour des âmes immortelles et en révélant les secrets des régions célestes, où doivent parvenir ou plutôt revenir ceux qui ont gouverné la république avec prudence, justice, courage et modération. Le révélateur des mystères de la mort, dans l'ouvrage de Platon[1], est un soldat nommé Her, né en Pamphylie et laissé pour mort sur le champ de bataille par suite de ses blessures. A l'instant même où son corps, étendu depuis douze jours, va recevoir les honneurs du bûcher, ainsi que ceux de ses compagnons tombés en même temps que lui, ce guerrier reçoit de nouveau ou ressaisit la vie ; et, tel qu'un héraut, chargé d'un rapport officiel, il déclare à la face du genre humain ce qu'il a fait et vu dans l'intervalle de l'une et de l'autre existence. Cicéron, qui semble penser qu'il y a du vrai dans cette légende, regrette qu'elle ait été raillée par des ignorants ; mais pour éviter à son tour un blâme ridicule, il aime mieux supposer un songe qu'une résurrection.»] *Macrobe.*

VII. [«Mais avant [de raconter le songe de Scipion] faisons connaître l'espèce d'hommes qui se signalent comme les détracteurs de la fiction platonicienne. Placés au-dessus du vulgaire ignorant, leur prétention à la science n'est qu'un masque qui couvre leur ignorance du vrai ; et ils le prouvent en faisant choix d'un pareil sujet comme point de mire de leur dénigrement. Nous dirons d'abord quels sont les esprits superficiels qui ont osé censurer les ouvrages d'un philosophe tel que Platon, et quel est celui d'entre eux qui l'a fait par écrit. La secte entière des épicuriens, toujours constante dans son antipathie pour la vérité et prenant à tâche de ridiculiser les sujets au-dessus de sa portée, s'est moquée d'un ouvrage qui traite de ce qu'il y a de plus saint et de plus imposant dans la nature ; et Colotès, le discoureur le plus brillant et le plus infatigable de cette secte,

---

1. *République*, liv. X, chap. XII.

réunit dans un livre ses plaisanteries amères. Parmi les points qu'il a vivement blâmés, il y en a beaucoup qui ne se rapportent point au songe dont il est question, et que nous passerons sous silence ; nous ne combattrons que les reproches, qui, s'ils restaient sans réponse, demeureraient communs à Platon et à Cicéron. Il prétend qu'un philosophe [tel que Platon] a eu tort d'inventer cette fable, parce que l'homme qui enseigne la vérité ne sait se permettre aucune espèce de fiction. « Pourquoi, dit-il, quand on veut donner une notion des phénomènes célestes et instruire de la nature de l'âme, ne pas employer l'insinuation pure et simple, mais aller chercher un personnage merveilleux, inventer une situation étrange, composer une scène à effet théâtral, et souiller d'un mensonge la porte par laquelle on entre dans la vérité ? » Ces objections, dirigées contre l'Her de Platon, atteignent aussi le songe de notre Africain : faisons donc face à l'ennemi et réduisons ces accusations à néant. »] *Macrobe.*

VIII. [« Telle est la circonstance qui a provoqué le récit du songe de Scipion, préparé dès longtemps par lui et en silence. Lélius s'étant plaint que l'on n'avait élevé aucune statue à Scipion Nasica pour le récompenser d'avoir tué le tyran (Tibérius Gracchus), Émilien lui répond en ces mots : « Quoique, pour les sages, la conscience des belles actions soit la plus magnifique récompense de la vertu, cependant cette vertu divine n'ambitionne ni les statues fixées par le plomb ni les triomphes dont les lauriers se dessèchent, mais des prix plus solides et plus verdoyants. — Quels sont-ils ? » dit Lélius. Alors Scipion : Souffrez, dit-il, puisque nous avons encore ce troisième jour de loisir, que je vous fasse un dernier récit ; puis arrivant au songe, il leur apprit combien stables et durables étaient les récompenses qu'il avait vues être réservées dans le ciel aux hommes qui avaient bien su conduire les affaires de l'État. »] *Macrobe.*

Songe de Scipion.

IX. Lorsque j'arrivai en Afrique, où j'étais, comme vous le savez, tribun des soldats dans la quatrième légion, sous le consul M'. Manilius, je n'eus rien de plus pressé que de rendre visite au roi Masinissa, intimement lié, pour de justes motifs, avec toute notre famille [1]. Quand je suis devant lui, ce vieillard m'embrasse en versant des larmes, puis levant quelque temps les yeux au ciel : « Je te rends grâces, dit-il, souverain Soleil, et vous tous habitants des cieux, de ce que, avant de sortir de cette vie, je vois dans mon royaume et sous mon toit P. Cornélius Scipion, dont le nom seul m'a ranimé, tant mon cœur garde le souvenir de ce héros excellent et invincible ! » Je lui fais alors des questions sur l'état de son royaume ; lui m'interroge sur notre république, et les paroles s'échangeant sans fin de part et d'autre, nous y employons tout le jour.

X. Après un repas servi royalement, nous reprenons notre conversation qui se prolonge fort avant dans la nuit, le vieux roi ne parlant que de l'Africain et ayant présentes à la mémoire non-seulement ses actions, mais encore ses paroles. Ensuite, lorsque nous nous sommes retirés pour prendre du repos, la fatigue du voyage et d'une veille prolongée si tard me plonge dans un sommeil plus profond que de coutume. Alors, je le suppose, par suite de notre entretien (car il arrive maintes fois que nos pensées et nos discours produisent, dans le sommeil, un fait analogue à ce qu'Ennius nous dit d'Homère [2], auquel certainement il songeait souvent et dont il ne manquait pas de parler en pleine veille), l'Africain m'apparaît sous cette forme, que je connaissais mieux d'après ses portraits que pour l'avoir vu lui-même. A peine l'ai-je reconnu que je frissonne ; mais lui : « Écoute-moi, Scipion, me dit-il, et grave mes paroles dans ton souvenir.

XI. « Vois-tu cette ville qui, forcée par moi d'obéir au peuple romain, renouvelle d'anciennes guerres et ne peut se tenir en repos ? » Or, il me montrait Carthage, d'un lieu élevé, parsemé d'étoiles et tout resplendissant de lumière. « Tu viens aujourd'hui l'assiéger, presque soldat encore ; mais, dans le cours de ces deux années, tu seras consul, tu la renverseras, et tu posséderas de ton fait et par toi-même ce surnom que tu tiens jusqu'ici de nous par héritage. Lorsque tu auras détruit Carthage, triomphé, été censeur, et

1. On peut voir la naissance de ces rapports dans Tite-Live, liv. XXVIII, chap. XXXV.
2. Le poëte Ennius prétendait, dans ses *Annales*, qu'Homère lui était apparu en songe et lui avait dit qu'il avait d'abord été paon, et que, ensuite, son âme était passée dans le corps du poëte latin.

que tu auras visité, comme envoyé, l'Égypte, la Syrie, l'Asie, la Grèce, tu seras de nouveau choisi consul en ton absence, tu termineras la plus grande de nos guerres, tu ruineras Numance. Mais après que, porté sur un char de triomphe, tu seras monté au Capitole, tu trouveras la république troublée par les projets de mon petit-fils [1].

XII. « Là, Scipion l'Africain, il faudra montrer à ta patrie l'éclat lumineux de ton âme, de ton génie et de ta prudence. Mais je vois, à cette époque, le destin pour ainsi dire incertain de ta route. Car lorsque ta vie mortelle aura parcouru un cercle de huit fois sept révolutions du soleil, et que du concours de ces nombres réputés parfaits, chacun pour une cause différente, la nature aura formé le nombre fatal assigné à ton sort [2], la cité tout entière se tournera vers toi et vers ton nom; le sénat, tous les gens de bien, les alliés, les Latins dirigeront leurs regards sur ta personne; tu seras pour eux l'homme unique, sur qui reposera le salut de l'État; en un mot, tu seras nommé dictateur et chargé de réorganiser la république, si toutefois tu échappes aux mains criminelles de tes proches [3]. » A ces mots, Lélius jette un cri, et les autres font entendre un gémissement profond. Mais Scipion,

1. Tibérius Gracchus, descendant de Scipion par sa mère Cornélie.

2. Selon Macrobe, les anciens entendaient par nombre parfaits ceux qui ont la propriété d'enchaîner leurs parties, c'est-à-dire les nombres carrés par leurs racines et qui sont solides par eux-mêmes. Un corps solide, par exemple le dé à jouer ou cube, est celui qui réunit les trois dimensions, longueur, largeur et profondeur. Or, un dé étant carré, on lui trouve huit angles; d'où il suit que le mode de solidité du nombre huit n'est qu'une conséquence de ce que toutes les parties dont huit se compose sont telles, qu'il résulte de cet assemblage un tout parfait. Le nombre sept est parfait d'abord en tant que nombre impair, puis en raison de propriétés physiologiques, mystiques et théurgiques énumérées longuement par Macrobe et qu'il serait trop long de rapporter ici. Le même auteur fait remarquer que le nombre huit qui est pair, et le nombre sept qui est impair, sont admirablement employés pour exprimer la durée de la vie d'un illustre personnage, vu que leur perfection même n'a d'égale que l'auteur de leur être.

3. Peu de temps après son retour d'Espagne, sous le consulat de M'. Aquilius et de Cn. Sempronius, l'an 624 de Rome, 129 avant J.C., Scipion, âgé de cinquante-six ans, honoré de deux consulats et de deux triomphes, destructeur de deux villes qui avaient été la terreur de la république, fut trouvé mort dans son lit, portant au cou quelques marques de strangulation. « On ne fit point d'enquête sur sa mort, dit Velléius Paterculus; et, le jour de ses funérailles, il fut porté, la tête couverte d'un voile, lui par qui Rome avait élevé

avec un doux sourire : « Je vous en prie, reprend-il, ne me réveillez pas, n'interrompez point ma vision, écoutez le reste.

XIII. « Pour que tu sois plus ardent, cher Africain, à défendre la république, sache bien que tous ceux qui auront sauvé, défendu, agrandi la patrie, ont dans le ciel une place certaine et fixe, où ils jouiront d'une éternité bienheureuse : car il n'est rien sur la terre de plus agréable au souverain Dieu, qui régit l'univers, que les groupes, les sociétés d'hommes réunies par le droit et que l'on nomme cités. Ceux qui les gouvernent, ceux qui les conservent, partis de ce point, y retournent. »

XIV. En entendant ces mots, malgré le trouble que j'éprouvais, moins à l'idée de la mort qu'en songeant à la trahison des miens, je lui demandai si lui-même, si mon père Paulus vivait encore, ainsi que tous les autres que nous croyons disparus sans retour. « Dis plutôt, répond-il, que ceux-là seuls sont vivants qui se sont envolés des liens du corps comme d'une prison. Votre prétendue vie est une mort. Regarde ; tiens, voici Paulus ton père qui vient vers toi ! » Quand je l'aperçus, je répandis un torrent de larmes ; mais lui, m'embrassant et me couvrant de ses baisers, me défendait de pleurer.

XV. Et moi, sitôt que, retenant mes pleurs, j'eus la force de parler : « Je t'en conjure, lui dis-je, ô le plus saint et le meilleur des pères, puisque c'est ici la vie, comme je l'entends dire à l'Africain, pourquoi resté-je sur la terre ? pourquoi différé-je de venir vers vous ? — Il n'en peut être ainsi, reprit-il ; à moins que le Dieu, dont tout ce que tu vois est le temple [1], ne t'ait délivré des chaînes du corps, l'entrée de ces lieux ne peut s'ouvrir pour toi. Les hommes sont nés sous la condition d'être les gardiens de ce globe que tu vois au milieu de ce temple, et que l'on appelle la terre : leur âme est une émanation de ces feux éternels que vous nom-

la sienne au-dessus de toutes les villes de l'univers ! Mais que cette fin ait été naturelle, comme c'est le sentiment du plus grand nombre, ou que, suivant l'opinion de quelques autres, un crime en ait avancé l'instant, l'éclat de sa carrière effaça toutes les autres renommées, hors la gloire de son aïeul. » On peut voir aussi Plutarque, *Romulus*, 27, et Appien, *Guerres civiles*, I, 19.

1. Le mot temple, *templum*, du grec τέμενος, ne signifie pas seulement une enceinte sacrée, mais l'espace immense, l'horizon sans limites où se meuvent les astres.

mez constellations, étoiles, et qui, corps arrondis et sphériques, animés par des esprits divins, parcourent leurs cercles et accomplissent leurs révolutions avec une étonnante rapidité. Ainsi Publius, toi et tous les hommes religieux, vous devez retenir votre âme dans la prison du corps : il vous est interdit de sortir de la vie sans l'ordre de celui qui vous l'a donnée, de peur d'avoir l'air de fuir la tâche qui vous est assignée par Dieu. Mais plutôt, Scipion, comme ton aïeul, comme moi qui t'ai donné le jour, cultive la justice et la piété ; c'est un devoir sacré envers les parents et les proches, mais encore plus sacré envers la patrie : une pareille vie est la voie pour arriver au ciel et à la réunion de ceux qui ont déjà vécu, et qui, délivrés du corps, habitent le lieu que tu vois. »

XVI. Or, c'était ce cercle d'une blancheur éblouissante qui brille au milieu des flammes du ciel, et que, d'après une tradition grecque, vous appelez la Voie lactée [1] : et de là contemplant tous les objets, je voyais dans le reste de l'univers des choses grandes et merveilleuses. C'étaient des étoiles que nous n'avions jamais vues de dessus la terre, avec des grosseurs que nous n'avions jamais soupçonnées, parmi lesquelles la plus petite était celle qui, située à l'extrémité des cieux et dans le voisinage de la terre, brillait d'un éclat emprunté. D'ailleurs, les globes étoilés surpassaient de beaucoup la grosseur de la terre ; et, de plus, cette terre elle-même se montrait à moi si petite, que j'avais honte de notre empire, qui n'en est qu'un point imperceptible.

XVII. Comme je la regardais avec plus d'attention : « Jusques à quand, me dit l'Africain, je te le demande, ton âme restera-t-elle attachée à la terre? Ne vois-tu pas dans quels temples tu es parvenu? Devant toi, neuf cercles, ou plutôt neuf globes enlacés composent la chaîne universelle ; le plus élevé dans les cieux, le plus lointain, celui qui englobe tout le reste, est le souverain Dieu lui-même, dirigeant et contenant tous les autres. A ce ciel sont attachées les étoiles qui roulent avec lui dans un mouvement éternel : plus bas sont placés sept astres, dont le mouvement rétrograde

---

1. On peut voir dans Macrobe, livre I, chap. xiv et xv, les opinions des philosophes grecs sur ces traditions à moitié mythologiques et à moitié astronomiques. Chose singulière! Démocrite paraît avoir découvert la véritable composition des nébuleuses.

est contraire à celui de l'orbe céleste. Le premier de ces globes est appelé Saturne par les habitants de la terre ; vient ensuite la lumière propice et bienfaisante de l'astre que vous nommez Jupiter, puis le terrible et sanglant météore que vous appelez Mars ; ensuite, presque au centre de cette région, domine le Soleil, chef, roi et modérateur des autres flambeaux célestes, intelligence régulatrice du monde, qui remplit tout de sa clarté et de son immensité. Après lui, et comme à sa suite, se présentent Vénus et Mercure. Dans le cercle inférieur est la Lune, enflammée des rayons du Soleil. Au-dessous, il n'y a plus rien que de mortel et de périssable, à l'exception des âmes données à la race humaine par le bienfait des dieux. Au-dessus de la Lune, tout est éternel : quant à votre terre, qui forme la neuvième sphère, elle est immobile et abaissée au centre du monde ; et tous les corps sont entraînés vers elle par leur propre poids [1]. »

XVIII. Après quelques instants d'une contemplation mêlée de stupeur, je me remets et je lui dis : « Quel est donc le son qui remplit mes oreilles avec tant de puissance et de douceur ? » Et lui : « Tu entends, me répond-il, l'harmonie qui, formée d'intervalles inégaux, mais calculée d'après de justes proportions, résulte de l'impulsion et du mouvement des sphères, et dont les tons aigus, mêlés aux tons graves, produisent régulièrement des accords variés. Car de si grands mouvements ne peuvent s'effectuer en silence, et la nature veut que, si les sons aigus retentissent à l'une des deux extrémités, les sons graves partent de l'autre. Voilà pourquoi le monde stellaire et supérieur, dont la révolution est plus rapide, se meut avec un son aigu et précipité, tandis que le monde lunaire et inférieur rend un son grave. Car la terre, neuvième globe, immobile et immanente, reste toujours fixe au point le plus abaissé, et occupe le centre

---

1. « Voilà, dit Macrobe, une description exacte du monde entier, depuis le point le plus élevé jusqu'au point le plus bas ; c'est, en quelque sorte, l'effigie de l'univers, ou du grand tout, selon l'expression de certains philosophes. Aussi le premier Africain dit-il que c'est une chaîne universelle, et Virgile (*Énéide*, livre VI, v. 726) la nomme un vaste corps dans lequel s'insinue l'âme universelle. » Remarquons que, parmi plusieurs opinions erronées, Cicéron, imbu des doctrines philosophiques les plus approuvées de l'antiquité, admet, conformément à ce qui est, la fixité et la mobilité relatives des étoiles.

du monde. Les huit sphères mobiles, parmi lesquelles deux[1] ont la même portée, produisent sept tons différents, et le nombre septénaire est le nœud de presque tout ce qui existe[2]. Les hommes qui ont su imiter cette harmonie, à l'aide des cordes et du chant[3], se sont ouvert une entrée dans ce lieu, ainsi que tous les autres, qui, par la supériorité de leur génie, ont, dans cette vie mortelle, cultivé les sciences divines. Mais les oreilles des hommes, remplies de ce bruit céleste, en sont assourdies, vu que le sens de l'ouïe est en nous celui qui s'émousse le plus vite. C'est ainsi qu'à l'endroit, nommé Catadoupa[4], où le Nil se précipite du haut de montagnes très-élevées, la force du bruit a rendu sourde la nation qui habite la contrée. De même, cette harmonie de l'univers, dans la rapidité du mouvement qui l'entraîne, est telle que les oreilles des hommes ne peuvent la supporter, comme vous ne pouvez regarder le soleil en face, et que la force sensible de vos yeux est vaincue par ses rayons. » Et moi, tout en admirant ces merveilles, je reportais cependant quelquefois mes regards vers la terre.

XIX. Alors l'Africain : « Je m'aperçois, dit-il, que, en ce moment même, tu contemples la demeure et la patrie du genre humain. Si tu la vois dans toute sa petitesse réelle, ramène toujours tes yeux vers les choses célestes et méprise les choses humaines. Quelle célébrité, en effet, quel renom parmi les hommes, quelle gloire désirable peux-tu obtenir? Tu vois leurs habitations disséminées sur des espaces de terre rares et étroits, et, sur les points même habités, de vastes déserts, qui te paraissent comme des taches interposées; et ceux qui peuplent la terre, non-seulement séparés de telle sorte, que rien ne peut se transmettre de l'un à l'autre, mais placés, relativement à vous, dans une situation oblique, transversale ou diamétralement opposée : ainsi, vous n'avez certainement aucune gloire à en attendre.

XX. « Tu vois encore cette terre environnée et revêtue

1. Mercure et Vénus.
2. Voyez plus haut, chap. IV.
3. Macrobe, *Commentaire*, livre II, chap. I, entre dans de longs détails sur cette harmonie des sphères et des nombres, découverte, dit-on, par Pythagore.
4. Les Cataractes. On peut voir Hérodote, livre II, 17.

comme de ceintures : il y en a deux qui, les plus éloignées
l'une de l'autre et appuyées chacune sur l'un des deux pôles
célestes, sont assiégées, tu le vois, d'un hiver éternel :
celle du centre, la plus étendue, est embrasée de tous les
feux du soleil : deux sont habitables : la zone australe, occu-
pée par les peuples dont les pieds sont opposés aux vôtres [1],
n'a rien de commun avec votre race ; l'autre, placée sous le
septentrion, celle que vous habitez, vois dans quelle faible
proportion elle est à vous. Toute cette terre, en effet, que
vous occupez, resserrée vers les pôles, plus large vers le
centre [2], n'est qu'une petite île, environnée de la mer,
que vous appelez Atlantique, la Grande mer, ou l'Océan,
et qui, malgré ces grands noms, est de la petitesse que
tu vois. Partant de ces terres habitées et connues, ton
nom ou celui de quelqu'un de nous a-t-il pu franchir le
Caucase que tu vois, ou nager au delà du Gange ? Qui
jamais, dans les autres parties de l'Orient ou de l'Occident, de l'Aquilon ou de l'Auster, entendra retentir
ton nom ? Et cela retranché, tu vois dans quelles limites
restreintes votre gloire a la prétention de s'étendre ! Ceux
mêmes qui parlent de vous, combien de temps en parle-
ront-ils ?

XXI. « Il y a plus : lors même que la génération des
hommes qui doivent naître, recevant de leurs aïeux la renommée de chacun d'entre nous, désirerait le transmettre à la
postérité, les inondations, les embrasements de la terre,
dont le retour à époque fixe est inévitable, ne nous permettraient pas d'obtenir une gloire, je ne dis pas éternelle, mais
de longue durée. Et d'ailleurs, que t'importe d'occuper les
entretiens des hommes qui naîtront après toi, quand tu es
demeuré inconnu à tous ceux qui ont précédé ta naissance ?
génération aussi nombreuse et certainement meilleure que
celle d'aujourd'hui.

XXII. « Que dis-je ? Parmi ceux qui peuvent entendre
prononcer ton nom, il n'y en a pas un qui puisse embrasser
le souvenir d'une seule année. Les hommes, selon les calculs
vulgaires, mesurent l'année sur le retour du soleil, c'est-
à-dire d'un seul astre ; mais il faut que tous les astres soient

1. Les antipodes.
2. Plus nettement : *fort resserrée du nord au midi, plus étendue de l'orient à l'occident.*

revenus à leur premier point de départ, et qu'ils aient ramené, après un long temps, la même face du ciel, pour qu'on puisse affirmer que l'année est vraiment révolue : or, j'ose à peine dire combien cette année comprend de générations humaines. Ainsi le soleil parut jadis s'éclipser et s'éteindre aux yeux des hommes, quand l'âme de Romulus entra dans nos temples sacrés ; eh bien, lorsque le soleil, du même côté du ciel et dans le même temps, s'éclipsera de nouveau, et que toutes les étoiles, toutes les constellations seront replacées au même lieu, tu auras une année complète ; mais sache que d'une telle année la vingtième partie n'est pas encore écoulée[1].

XXIII. « Si donc tu désespérais de revenir en ces lieux, ouverts aux âmes grandes et supérieures, de quel prix serait pour toi cette gloire des hommes, qui peut à peine s'étendre à une faible partie d'une seule année ? Par conséquent, si tu veux porter en haut tes regards, et les fixer sur ce séjour, sur cette demeure éternelle, ne te laisse point prendre aux discours du vulgaire, ne place plus dans des récompenses humaines l'espérance de tes hauts faits : que par ses charmes seuls la vertu t'entraîne à la véritable gloire . laisse aux autres le soin de voir ce qu'ils diront de toi ; ils en parleront sans doute, mais leurs entretiens ne vont pas au delà des contrées restreintes que tu vois ; ils ne se renouvellent éternellement pour personne ; ils tombent ensevelis sous les générations qui meurent et s'éteignent dans l'oubli de la postérité. »

XXIV. Lorsqu'il eut ainsi parlé : « Africain, lui dis-je, si les

---

1. Cette grande période de l'année stellaire, établie sur la restitution parfaite des aspects célestes, est de quinze mille ans. Macrobe, en citant cette opinion des physiciens, en déduit les calculs suivants. On compte cinq cent soixante-treize ans depuis la disparition de Romulus jusqu'à l'arrivée du second Scipion en Afrique : car, entre la fondation de Rome et le triomphe d'Émilien, après la ruine de Carthage, il existe un intervalle de six cent sept ans. En soustrayant de ce nombre les trente-deux années du règne de Romulus, plus les deux années qui séparent le songe de Scipion de la fin de la troisième guerre punique, on trouve un espace de temps égal à cinq cent soixante-treize ans. Cicéron a donc raison de dire que la vingtième partie de l'année complète n'est pas encore révolue. En effet, il ne faut pas être un bien habile calculateur pour trouver la différence qu'il y a entre cinq cent soixante-treize ans et la vingtième partie d'une période de quinze mille ans.

hommes qui ont bien mérité de la patrie trouvent un sentier qui les conduit au ciel, moi qui, dès l'enfance, marchant sur les traces de mon père et sur les tiennes, n'ai point fait défaut à notre gloire, je veux cependant aujourd'hui, dans la vue d'un si grand prix, travailler avec un zèle plus empressé. » Alors lui : « Travaille, en effet, et sache que tu n'es pas mortel, mais ce corps seulement : car tu n'es pas ce que manifeste cette forme sensible. L'âme de quelqu'un est ce quelqu'un même, et non cette figure qu'on peut montrer du doigt. Sache donc que tu es dieu : car celui-là est dieu qui vit, qui sent, qui se souvient, qui prévoit, qui gouverne, modère et meut ce corps, dont il est le maître, comme le souverain Dieu régit cet univers. Et de même que ce Dieu éternel meut un monde en partie mortel, ainsi l'âme immortelle met en mouvement un corps destiné à périr.

XXV. « En effet, un être qui se meut toujours est éternel, tandis que l'être qui communique le mouvement qu'il a reçu lui-même d'un autre, doit cesser d'exister quand il cesse d'être mû. L'être qui se meut spontanément est donc le seul qui ne cesse jamais de se mouvoir parce qu'il ne se manque jamais à lui-même. Il y a plus, il est pour tous les êtres mus la source et le principe du mouvement. Or, le principe n'a point d'origine, puisque tout sort du principe et que lui-même ne peut naître d'aucune autre chose : car ce ne serait plus un principe, du moment qu'il serait engendré. Si donc il n'a pas d'origine, il n'a pas non plus de fin. Car un principe anéanti ne pourrait ni renaître d'un principe, ni en créer lui-même un nouveau, vu qu'il est nécessaire que tout naisse d'un principe. Il suit de là que le principe du mouvement réside dans l'être qui se meut par lui-même : il ne peut donc ni commencer ni finir; autrement, il faut que le ciel tout entier s'écroule, que la nature entière demeure en suspens et ne trouve aucune forme qui lui donne l'impulsion première[1].

XXVI. « Maintenant qu'il est manifeste que l'être qui se meut par lui-même est éternel, qui peut nier que telle ne soit la nature attribuée à nos âmes? En effet, tout ce qui est mû par une impulsion étrangère est inanimé, tandis que ce

1. Une partie de ces arguments sont extraits du *Phédon* de Platon, qui contient les arguments les plus puissants en faveur de l'immortalité de l'âme.

qui est animé est mû par une impulsion intérieure et personnelle : or, telle est la nature propre, l'énergie même de l'âme. Si de tous les êtres elle est le seul qui se meuve, elle n'est point née certainement et elle est éternelle. Occupe-la, Scipion, des choses les meilleures, et les meilleures choses sont les soins pour le salut de la patrie. L'âme qui en est agitée et exercée s'envolera plus vite vers ce séjour, qui est sa véritable demeure. Et ce vol sera d'autant plus rapide, si, du temps même qu'elle est enfermée dans le corps, elle s'élance au dehors, et si, contemplant ce qui est hors d'elle-même, elle se détache le plus possible des liens corporels. Car les âmes de ceux qui se sont livrés aux plaisirs, dont ils se sont fait comme les ministres, et qui, cédant à l'entraînement des passions, esclaves des plaisirs, ont violé les droits des dieux et des hommes, ces âmes, une fois sorties du corps, roulent autour de la terre, et ne reviennent dans ce lieu qu'après une agitation de plusieurs siècles. » Il disparut, et moi je m'éveillai.

Fragments des six livres sans place déterminée.

[Et, quoiqu'il soit très-désirable que la fortune demeure toujours florissante, cependant cette égalité calme de la vie ne se fait pas autant sentir que lorsque d'une situation cruelle et désespérée la fortune vous ramène à une condition meilleure.]

[Une cité n'est pas autre chose qu'une multitude d'hommes unis par la concorde.]

[C'est chose difficile, Fannius, que de louer un enfant : ce n'est point encore une personne digne d'être louée, ce n'est qu'une espérance.]

[Si la céleste cour s'ouvre à quelque mortel,
Pour moi seul doit s'ouvrir le portique du ciel.]

FIN.